Ingeborg Passarnegg

Die Kräuterfee

Krimi, Küsse und Kräuter

Rediroma-Verlag

Bibliografische Information der Deutschen Nationalbibliothek:
Die Deutsche Nationalbibliothek verzeichnet diese Publikation in der Deutschen Nationalbibliografie; detaillierte bibliografische Daten sind im Internet über http://portal.dnb.de abrufbar.

ISBN 978-3-98885-363-9

www.rediroma-verlag.de
8,95 Euro (D)

Ingeborg Passarnegg

Die Kräuterfee

Krimi, Küsse und Kräuter

Inhalt

Anna und Engelbert

Anna hat ihren Gatten Franz verloren und lebt jetzt mit ihrem Freund Engelbert zusammen. Er arbeitet in einem Sägewerk und Anna ist Verkäuferin in einem Lebensmittelgeschäft. Aber sie möchte sich wieder mit Kräutern beschäftigen.

Sie haben ein Haus gemietet und einen großen Garten. Da kann Anna viele Kräuter ansetzen. Sie sind sehr glücklich und lieben sich inniglich. Sie freuen sich immer auf das Wochenende und machen viele wunderschöne Ausflüge. Anna und Engelbert gehen auch sehr gerne in den Wald und suchen Beeren und Pilze. Oft bleiben sie stehen, um sich innig zu umarmen und sich zu küssen. Im Wald ist es immer sehr romantisch. Sie sind sehr verliebt und freuen sich, gemeinsam Zeit, ohne Störungen zu verbringen. Engelbert erzählt Anna auch viele Geschichten über den Wald und die Bäume. Anna hört aufmerksam zu, denn Engelbert weiß viel über die Heilwirkung des Waldes. Die Beeren haben viele sehr gesunde Inhaltsstoffe. Engelbert erzählt über die Heilwirkung des Baumharzes. Schon seine Großmutter hatte immer das sogenannte „Pech“ in ihrer Hausapotheke. Die Großmutter hat das „Pech“-Harz auf Wunden aufgelegt. Das Harz entsteht bei Verletzungen des Baumes. Damit schützt sich der Baum vor Eindringlingen, Schädlingen, Pilzen und auch vor dem Wasser. Das Harz verfestigt sich und bildet eine Wulst. Engelbert erklärt, dass man am besten das Harz vom frisch geschlagenen Holz nimmt. Die Großmutter meinte, dass man das Harz von jedem Baum nehmen kann, nur nicht das von der giftigen Eibe. Engelbert nimmt nur eine kleine Menge von der „Wunde“ des Baumes. Er hat leichte Zahnschmerzen, macht vom Lerchenharz kleine Kügelchen und kaut diese gegen seine Zahnschmerzen. Zu Hause rührt Engelbert dann eine Harzsalbe an.

Anna hört interessiert zu. Sie möchte dann zu Hause mit den Himbeeren, die sie gepflückt hat, eine Marmelade machen.

Sie finden im Wald einen Hochsitz der Jäger. So ein Hochsitz ist immer ein lauschiges Plätzchen auch für Verliebte. Sie steigen auf den Hochsitz. Es ist sogar ein sehr uriges Bett da. Es wirkt sehr einladend für sie. Sie setzen sich. Engelbert zieht Anna an sich und streichelt ihre Wangen. Anna wird rot und ist sogar etwas verlegen, was Engelbert sehr süß findet. Er zieht sie an sich und küsst sie auf den Mund, diesen Kuss erwidert Anna mit aller Liebe und Leidenschaft. Sie legen sich auf das Bett und Engelbert beginnt, Anna zu entkleiden. Sie hat gar nichts dagegen und entkleidet auch ihn. Sie lieben sich und da sie auch allein im Wald sind, können sie ihre Lust voll ausleben. Liebe in freier Natur ist das Schönste, was es gibt. Danach kleiden sie sich wieder an und sitzen noch länger am Hochsitz. Sie erzählen sich Jägergeschichten, sitzen ganz nah beieinander und genießen jeden Augenblick ihres Zusammenseins. Anna genießt die Nähe, lehnt sich an die Schulter von Engelbert und schwebt auf Wolke 7. Lange musste sie auf solche Augenblicke der Liebe verzichten. Auch Engelbert war selten so glücklich wie auf der alten Pritsche am Hochsitz.

Sie steigen nach einiger Zeit wieder vom Hochsitz herunter und beobachten noch ein Reh, das gar keine Notiz von Ihnen nimmt. Sie verhalten sich leise, damit das Reh nicht wegläuft. Langsam gehen sie nach Hause und freuen sich über die Ernte, welche sie im Wald gemacht haben. Zu Hause verarbeiten sie dann ihr Harz und die Beeren.

Engelbert zieht Gummihandschuhe an, damit das Harz nicht an den Händen klebt. Er rührt in der Küche eine Harzsalbe, er nimmt 100 ml Olivenöl mit guter Qualität, 20 g Harz und 8 g Bienenwachs. Je mehr Bienenwachs er nimmt, desto fester wird die Salbe. Engelbert erwärmt das Öl im Wasserbad bei ca. 70 Grad, das Öl darf nicht frittieren. Er gibt das Harz in eine Feinstrumpfhose und lässt dies im Öl schmelzen. Nadeln und kleine Rindenstücke bleiben somit im Strumpf. Engelbert hat einen eigenen alten Topf für diese Arbeit, da der Topf nach dem Schmelzen von Harz sehr schwer zu reinigen ist. Wenn das Harz im Öl geschmolzen ist, nimmt er den Strumpf aus dem Topf und rührt das Bienenwachs ein. Dies braucht keine hohe Temperatur. Er füllt die Salbe dann in Tiegel und lässt sie abkühlen. Wenn die kalt ist, probiert Anna die Salbe an einer empfindlichen Stelle, zum Beispiel in der Armbeuge aus, ob sie diese auch gut verträgt. Es könnten Allergien vorhanden sein. Das macht sie bei jeder Salbe, die sie neu probiert, damit es nicht zu Hautreizungen kommt bei sehr empfindlicher Haut. Diese Salbe verwendet sie zur Wundheilung, sie ist entzündungshemmend, desinfizierend, durchblutungsfördernd und auch schmerzlindernd bei rheumatischen Beschwerden oder Muskelverspannungen.

Engelbert erzählt auch Anna von dem Botaniker Pietro A Mattioli, der von 1500 bis 1577 lebte, der schon für Heilzwecke gekautes Lerchenharz gegen Zahnweh verwendete und auch zerstoßene Nadeln bei schwer heilenden Wunden. Der Wald kann somit auch zu vielen heilenden Anwendungen gut sein.

Engelbert erzählt, wenn er eine verschleimte Brust oder einen harten Husten hat, nimmt er ein Kügelchen vom getrockneten Tannenharz in den Mund, diese soll nicht größer als ein Weizenkorn sein. Er hält sie so lange wie möglich im Mund und schluckt sie dann. Er macht das dreimal täglich und stärkt damit die Atemwege. Engelbert meint auch, dass bei schwerem Verlauf von einer Erkältungskrankheit und wenn sie länger als 3 Tage dauert, der Arzt aufgesucht werden muss.

Himbeermarmelade

Anna kocht mit den Himbeeren eine Marmelade. Diese ist die beste Marmelade aller Früchte. Anna hat wundervolle Erinnerungen an ihre Oma, sie hat ihr immer wohlschmeckende Früchte zu Marmelade verarbeitet. Das war auch lustig, sie haben nebenbei auch genascht und sich lustige Geschichten erzählt. Es erweckt in Anna Erinnerungen an unbeschwerte Kindertage. Oma war auch sehr schnell beim Einkochen der Früchte. In einer halben Stunde war sie fertig. Oma meinte, Marmelade einkochen sei nicht wahnsinnig aufwendig oder schwierig. Heute wird Marmelade hauptsächlich gekauft, da man selten in den Wald geht, um Beeren zu pflücken, und die Himbeerplantagen eher weit weg sind. Aber der Geschmack einer selbst gemachten Marmelade ist einfach unübertrefflich.

Anna wäscht die Himbeeren, lässt sie abtropfen und gibt sie in den Topf. Sie zerkleinert sie mit einem Kartoffelstampfer zu einem Mus. Nun gibt Anna einen Esslöffel Zitronensaft dazu und den Gelierzucker. Die Menge Früchte und Gelierzucker steht auf der Packung des Zuckers. Sie rührt und bringt das Mus zum Kochen. Sie lässt die Masse drei Minuten kochen unter ständigem Rühren. Sie nimmt einen langen Kochlöffel, da die Marmelade beim Sprudeln schon mal gerne spritzt. Anna nimmt den Topf vom Herd, den Schaum oben auf der

Oberfläche der Marmelade schöpft sie ab. Dann füllt sie die Masse randvoll in die vorbereiteten, sauberen Gläser. Anna gibt etwas Alkohol auf den Deckel und schraubt die Gläser zu. Anschließend stellt sie die Gläser ca. fünf Minuten auf den Kopf, damit sich ein Vakuum bildet. Vorsicht, da die Gläser sehr heiß sind. Daher nimmt Anna Küchenhandschuhe. Sie lässt die Gläser auskühlen, sie beschriftet sie gut und stellt sie kühl und dunkel in den Gemüsekeller. Im Winter ist das ein herrliches Frühstücksbrot mit Butter und dieser Marmelade, einfach köstlich. Auch Engelbert mag diese Marmelade auf dem Brot. Eine süße Verführung zum Frühstück. Mit solchen Köstlichkeiten kann sie Engelbert sehr erfreuen und er liebt sie umso mehr.

Gemüsesuppe

Anna kocht sehr gerne und Engelbert isst gerne eine Suppe. Alle Varianten von Suppen hat Engelbert gerne. Wenn Anna nicht viel Zeit hat, genügt Engelbert eine kräftige Suppe zu Mittag. Anna kocht eine Suppe ohne Fleisch und ohne Suppenwürfel. Sie geht in den Garten und holt Kräuter. Im Kühlschrank hat sie einige Möhren und Zwiebeln in der Speisekammer. Das ist alles, was Anna braucht, um eine wohlschmeckende und sehr gesunde Suppe zu kochen. Sie kocht die Möhren im Wasser, das mit Kräutersalz gesalzen ist. Wenn die Möhren weich sind, seiht sie diese ab, gibt die Zwiebel und die Kräuter in die Suppe und lässt das Ganze aufkochen und dann noch 15 Minuten ziehen. An Kräutern nimmt Anna von allem eine kleine Menge, damit keines davon vorschmeckt: 2 Blätter Salbei, Spitzwegerich, einige Borretsch Blüten, Ringelblumenblüten, Gundermann, Oregano, Thymian, Brennnessel und einige Stauden vom Liebstöckel. Petersilie wäre auch gut, aber der ist in diesem Jahr nicht gewachsen. Sie würzt mit etwas Pfeffer und Kümmel. Nachdem die Suppe fertig ist, schmeckt Anna diese ab. Eventuell noch etwas Kräutersalz dazu. Sie seiht die Suppe nochmals ab und gibt die Möhren in die Suppe. Beim Anrichten gibt Anna noch Schnittlauch in die Suppe. Diese Suppe ist eine Vitaminbombe. Als Einlage nimmt Anna Frittaten.

Einen Teil des Teiges macht sie mit Kräutern, die sie fein zusammenschneidet. Somit ist die Suppeneinlage auch voll von Vitaminen und gesunden Inhaltsstoffen. Die Frittaten ohne Kräuter gibt es dann als Nachspeise mit der selbst gemachten Weintraubenmarmelade.

Engelbert ist zufrieden, er meint, es muss nicht immer Fleisch sein zu Mittag. Anna kocht oft Fleisch.

Nach so einem gesunden Essen möchte Engelbert ein Mittagsschläfchen. Da sie beide zu Hause sind, können sie sich das leisten. Engelbert meint schelmisch: „Nach dem Essen soll man rauchen oder eine Frau ...“ Beide lachen und Engelbert führt Anna ganz zärtlich an der Hand ins Schlafzimmer und küsst sie leidenschaftlich. Beide legen sich ins Bett und fangen an, sich zu entkleiden und leidenschaftlich zu lieben. So jung verliebt ist alles wie im Himmel. Der Himmel hängt voller Geigen. Sie kuscheln sich aneinander und genießen die Zweisamkeit in vollen Zügen.

Engelbert und Anna

Engelbert und Anna haben gute Freunde, die Wirtsleute sind. Sie besuchen sie sehr gern und es ist immer lustig bei ihnen. Sie heißen Klara und Hans. Anna weiß aus eigener Erfahrung, dass die Ehe bei Wirtsleuten eher schwierig ist. Sie haben wenig Zeit füreinander und sehr viel Arbeit, da es keine 32-Stunden-Woche gibt. Und überhaupt, wenn das Gasthaus auch am Wochenende offen hat, da man da am meisten Geschäft macht, heißt es, sieben Tage arbeiten und auch in der Nacht. Der Umsatz des kleinen Gasthauses ist auch nicht so groß, dass sie Personal einstellen können. Jetzt wechseln sich Klara und Hans beim Nachtdienst ab. Vormittag um 9 Uhr kommen schon Arbeiter von der benachbarten Fabrik auf eine Jause. Am Tag ist es etwas ruhiger, aber am Abend kommen die Arbeiter noch auf einige Getränke. Da wird es oft auch sehr spät, wenn die Gäste es lustig finden in der gemütlichen Runde im Wirtshaus. Es gibt Bier und Kaffee, Schnäpse und Wein. Es werden nur kalte Speisen angeboten, da Klara und Hans keine große Küche haben, um für die Gäste zu kochen. Für ein paar belegte Brote oder eine Brettjause geht die Küche schon. Wenn jemand etwas warmes Essen möchte, macht Klara ihm einen Toast oder schiebt eine Fertigpizza in den Ofen. Die Gäste sind zufrieden. Die Arbeiter, die kommen, möchten sich am Abend von der Arbeit entspannen, etwas trinken und eventuell ein lustiges Kartenspiel mit Hans gönnen. Hans spielt sehr gerne Karten und das gefällt den Gästen. Er spielt schnapsen oder auch Poker. Klara möchte nicht, dass die Männer um Geld spielen. Denn wenn Hans verliert, kann er umsonst in der Weinstube arbeiten. Aber wenn Klara nicht da ist, spielen sie um Geld, zwar um kleine Einsätze, aber manchmal zu später Stunde werden die Einsätze immer höher. Für die Gäste ist das auch nicht gut, alle haben Familie, da ist jeder Euro wichtig, den der Arbeiter nach Hause bringt. Aber je mehr Bier oder Wein sie trinken, desto höher werden die Einsätze beim Spielen. Einerseits entsteht schon ein guter Getränkeumsatz beim Spielen und bei denen, die zuschauen, aber auf der anderen Seite spielt ja Hans auch um Geld und kann auch einiges verlieren. Sie stehen eh nicht sehr gut da im finanziellen Bereich. Klara macht sich da große Sorgen. Aber wenn sie etwas sagt, wird Hans nur ausfällig und beschimpft sie. Er meint, es sei seine Weinstube und da könne er machen, was er will. Ob er dann offene Rechnungen bezahlen kann, interessiert ihn nicht. Klara soll dann Wunder wirken, um die offenen Rechnungen bezahlen zu können. Klara hat eine A-bis-Z-Mappe angelegt mit den offenen Rechnungen, damit sie den Überblick behält. Aber es hilft nicht, wenn kein Geld in die Kasse kommt. Hans meint nur: „Morgen werde ich schon wieder gewinnen und du kannst dann alle Rechnungen bezahlen.“ Er vertröstet sie nur immer wieder. Der Getränkelieferant wollte mit ihr reden, da schon eine große Rechnung offen ist. Er könne dann nur mehr gegen Bargeld liefern, nicht mehr auf Lieferschein.

Am Abend ist Hans dann auch oft ungut, wenn er alkoholisiert ist. Klara muss ihm dann ausweichen und kann kein Wort der Kritik sagen, da er sonst aggressiv wird. Auch andere Gäste, die mit Hans Geld verloren haben, kommen zu Klara und wollen bei ihr Geld holen oder leihen. Aber Klara hat ja auch nichts. Wo soll sie Geld hernehmen? Sie hat keine Rücklagen, denn wenn sie etwas einnimmt, bezahlt sie sofort Rechnungen.

Eibisch-Beifuß-Bad

Engelbert arbeitet viel und schwer im Sägewerk. Da kann es vorkommen, dass sein Rücken schmerzt. Anna macht ihm dann ein wohltuendes Bad gegen seine Schmerzen. Ein Bad entspannt die Muskeln und tut der Seele gut. Anna nimmt von den getrockneten Blüten und Blättern des Eibischs und vom Beifuß jeweils 50 g und übergießt dies mit 3 Liter kaltem Wasser. Die Blüten und Blätter zerkleinert sie vorher. Dann erwärmt sie den Aufguss, lässt ihn aber nicht kochen, sondern nur eine halbe Stunde zugedeckt ziehen. Sie seiht den Aufguss ab und gibt diesen zum Badewasser.

Engelbert freut sich auf sein Kräuterbad und bleibt ca. 20 Minuten im Bad. Er genießt die Wärme des Bades und fühlt sich bald sehr entspannt. Die Liebe von Anna und ihre liebevolle Sorge um sein Wohl tun ihm auch besonders gut. Anna bringt Engelbert den Bademantel. Sie sieht ihn wie Adam im Paradies. Er hat eine sexy Figur. Die Schultern mit leichten Muskeln, nicht zu viel. Für einen Arbeiter hat er schöne Hände. Er cremt seine Hände immer regelmäßig ein. Anna beobachtet Engelbert ganz verliebt. Einen schönen Mann hat sie, findet Anna. Für eine verliebte Frau ist ein Mann wahrscheinlich immer schön. Er hüllt sich in den Bademantel, legt sich ins Bett und Anna schmiegt sich an ihn. Engelbert schiebt den Bademantel weg und Anna massiert ihm noch seinen Rücken. Mit einer Weidenrindensalbe cremt Anna den Rücken noch ein. Sie probiert in seiner Armbeuge, ob seine Haut die Salbe verträgt. Die Haut ist nicht errötet, demnach verträgt er die Salbe. Engelbert fühlt sich fast schmerzfrei bei dieser liebevollen Behandlung. Er schlummert wie in Baby in ihren Armen ein. Er fühlt sich herrlich und entspannt.

Weidenrindensalbe

Im Frühjahr holt sich Anna die Rinde der Weide. Von den frischen Zweigen kann sie leicht die Rinde lösen. Sie ritzt mit einem Messer die Rinde an und löst sie ab. Anna zerkleinert die Rinde und trocknet einen Teil. Sie trocknet die Weiderindenstücke mindestens 14 Tage locker auf einer Schachtel mit Backpapier im Keller. Es sollte trocken und dunkel sein und auch luftig. Nach 14 Tagen gibt Anna die getrockneten Stücke in ein Schraubglas, das sie im Keller aufstellt, für einen späteren Gebrauch. Dann nimmt sie ein anderes Schraubglas gibt Weidenrindenstücke hinein und Olivenöl darüber, mit einer guten Qualität. Sie lässt dieses Glas vier Wochen in der Speisekammer stehen und rührt manchmal um. Nach vier Wochen seiht sie das Weiderindenöl ab.

Sie erwärmt das Öl, es sind 300 ml, und gibt 100 ml Bienenwachs dazu. Es schmilzt auf kleiner Flamme. Das Öl darf nicht frittieren. Ist das Bienenwachs geschmolzen, kann sie die Masse wegstellen und einige Tropfen ätherisches Öl hineingeben, das sie kauft, Lavendel oder Rosenöl, was Anna gerade im Haus hat. Sie füllt das Öl dann in Braunglastiegel und stellt diese kühl in den Keller. Sie beschriftet die Tiegel auch sehr genau mit Datum und um welche Salbe es sich handelt.

Die Salbe ist deswegen so gut gegen Schmerzen, da sich der inhaltstoff Salicin in der Weidenrinde befindet. Dieser Stoff befindet sich auch in Aspirin.

Anna erzählt, dass die Salicinsäure vor 100 Jahren Aufgangssubstanz für die Herstellung von Acetylsalicylsäure war, die mit dem Aspirin die Welt erobert hat. Das Schmerzmittel wird heute synthetisch hergestellt.

Viele Jahrhunderte war Weidenrinde ein natürliches Schmerz- und Fiebermittel. Vor 2000 Jahren hat schon der griechische Arzt Dioskruides das Mittel bei Schmerzen empfohlen. Zu Beginn des 20. Jahrhunderts und mit Aufkommen der Schmerztabletten ist die Weide etwas in Vergessenheit geraten. Anna rät, die Weidenrinde nur äußerlich zu verwenden. Bei Einnahme einer Tinktur oder eines Weidenrindentees ist es gut, vorher einen Arzt zu fragen. Auch Kinder unter zwölf Jahre und Schwangere sollten die Weidenrinde nicht verwenden.

Anna erzählt auch ihrem Engelbert, dass die Weidengewächse im Frühjahr vom Bienenvolk dringend gebraucht werden. Der aus Weidenkätzchen verfügbare Nektar liefert den Bienen energiereiche Kohlenhydrate, das sogenannte „Flugbenzin“. Der wird gesammelt und als Honig im Stock eingelagert und dient zur Vorratshaltung. Anna und Engelbert lieben auch den Honig, der vom Imker in der Nachbarschaft stammt.

Engelbert ist sehr interessiert an der Kräutergeschichte und somit erzählt sie weiter. Schon in den uralten Schriften des Hippokrates, dem wohl populärsten Arzt des Altertums, werden Weidenaufgüsse gegen Gelenksentzündungen und Fieber empfohlen. Es wird vermutet, dass Hippokrates schon 460 vor Christus zur Welt kam. Er lebte auf der Insel Kos. Anna ist sehr an Legenden und Geschichten über Kräuter interessiert, sie schaut Engelbert ganz verliebt an und bewundert, wie viel er doch weiß, obwohl sie die Kräuterfachfrau ist. Aber sie verstehen sich so gut, da sich beide für die Natur und ihre Gaben interessieren. Sie verwenden diese auch in der Küche und als Hausmittel bei leichten Beschwerden.

Auch andere Personen kommen zu Engelbert und Anna und lassen sich beraten, über Kräuter und Heilmittel aus der Natur. Anna küsst ihren Engelbert und er erwidert den Kuss. Sie sind noch sehr verliebt und das ist schön für sie. Engelbert ist auch kein Engel. Es stört Anna schon, dass er schon sehr gern in die Weinstube geht zum Hans und auch gerne einmal Karten spielt. Das hat er immer gern gemacht und er lässt sich auch von Anna nicht davon abhalten. Nach Feierabend eine Mischung mit seinem Kumpel, das liebt der Engelbert schon. Anna wartet mit dem Essen zu Hause und wenn es Engelbert einmal gefällt bei den Kollegen und er einige Mischungen getrunken hat, kann es vorkommen, dass es auch spät wird. Anna ruft dann bei Klara an, ob Engelbert in der Weinstube ist, und sie holt ihn zum Telefon, ob er nicht bald nach Hause kommen könnte. Er antwortet natürlich: „Schatzi ich komme bald zu dir nach Hause."

Seine Kumpel meinen natürlich, dass er unter dem Pantoffel steht. Wenn er jetzt sofort aufsteht und geht, dann kann er sich einiges anhören von seinen Kollegen. „Na, wer hat bei dir zu Hause die Hosen an, trink noch einen Schluck. Komm, wir spielen noch eine Runde Schnapsen."

Anna hat ihren Engelbert in der Weinstube kennen- und lieben gelernt. Dass er die Gaude in der Weinstube aufgibt, wird schwer sein. Da kann die Liebe noch so groß sein, ein paar Runden Mischung mit den Freunden sind auch sehr lustig für den Engelbert.

Dann kommt auch noch Kommissar Deutschmann in die Weinstube zum Hans. Jetzt kann Engelbert nicht schon nach Hause gehen. Mit dem Herrn Deutschmann einige Pummerl spielen, das ist besonders lustig. Auch der Kommissar ist in seiner Freizeit ein lustiger Typ, der auch gerne einige Runden Getränke bezahlt. Er wohnt nicht weit weg von der Weinstube, somit kann er sich dies auch leisten in seiner Freizeit. Er liebt die gesellige Runde auch bei Klara und Hans in der Weinstube. Aber wenn Herr Deutschmann in der Weinstube ist, das freut Klara, denn da spielen sie nicht um Geld, sondern

nur um Getränke, da Herr Deutschmann dies nicht mag. Aber es ist auch lustig, um Getränke zu spielen mit den Karten. Nach einigen Runden Getränke löst sich die gesellige Runde dann doch auf, da jeder am nächsten Tag arbeiten muss.
Engelbert geht auch nach Hause und Anna ist froh, dass er zu Hause ist. Sie macht ihm keine Vorhaltungen, denn sie weiß, er liebt das lustige Beisammensein in der Weinstube auch. Da er ein bisschen getrunken hat, ist Engelbert auch sehr gut gelaunt und ist besonders lieb zu Anna. Sie hat keine Freude, wenn er nach Alkohol riecht. Aber sie schmiegt sich trotzdem an ihn und streichelt ihn. Sie legen sich ins Bett, Engelbert ist müde vom Arbeiten, er schläft in ihren Armen gleich ein. Anna schaut ihn verliebt an und schläft auch bald ein.

Oregano

Am nächsten Morgen geht Anna in den Garten. Es wächst alles wunderbar. Sie sieht den Oregano, der ziemlich angewachsen ist. Sie erntet ihn und rebelt ihn ab. Die Blätter legt sie auf ein Gitter zum Trocknen oder in einen Schachteldeckel, auf dem sie frisches Backpapier legt. Sie lässt den Oregano ca. drei Wochen an einem kühlen, luftigen Ort im Keller liegen. Sie geht öfter in den Keller und rührt den Oregano um, damit er gut durchtrocknet. Sie nimmt einen Zettel und schreibt das Datum drauf, damit sie weiß, wann die drei Wochen um sind.

Für ein Oreganoöl lässt sie den frischen Oregano nur einen Tag trocknen. Damit die Feuchtigkeit und die Insekten weg sind. Dann nimmt sie ein Schraubglas, füllt die Oreganoblätter hinein, und gibt ein Olivenöl darüber mit guter Qualität. Anna lässt es ca. 2 cm über den Kräutern stehen. Die ersten Tage gibt sie nur ein Tuch über das Glas, damit die Feuchtigkeit entweicht. Dann schraubt sie das Glas zu und lässt es vier Wochen stehen in der kühlen Speisekammer. Sie geht öfter in die Speisekammer und schüttelt oder rührt das Öl um. Nach vier Wochen seiht sie das Öl ab. Das Öl verwendet sie in der Küche. Oregano ist ein Hauptbestandteil in der italienischen Küche. So haben ihre Gerichte ein mediterranes Flair. Anna verwendet das Öl als

Salatdressing und kocht auch ihr Gemüse in dem würzigen Oreganoöl. Sie nimmt es zum Würzen von Soßen, Fleisch oder Muscheln. Sie gibt den Oregano erst am Ende der Kochzeit in die Speisen, damit die Vitamine und gesunden Inhaltsstoffe nicht zerkocht werden. Somit können Anna und Engelbert die Heil bringende Wirkung des Oregano mit dem Essen zu sich nehmen. Oregano ist verdauungsfördernd und hilft bei Erkältung. Wenn Engelbert Probleme mit Husten, Halsschmerzen oder Blähungen hat, macht sie ihm einen Oregano-Tee, der ihm immer sehr hilft, denn allergisch ist er nicht. Der Tee verhilft ihm auch zu einem wohltuenden Schlaf, wenn Anna ihm am Abend einen Tee macht und er ihn langsam mit Honig trinkt.

Engelbert liebt es, so umsorgt zu werden von Anna. Und seine kleinen Wehwehchen sind weg, wie im Flug. Die Hausmittel, mit Liebe zubereitet und verabreicht, tragen schon zur Genesung bei, wenn es sich um eine leichte Erkältung handelt. Wenn Engelbert ein arges Fieber hat, dann geht er zum Arzt. Aber das hat er selten. Seine kleinen Zipperlein verschwinden sofort mit den Hausmitteln von Anna und mit ihrer Liebe.

Wenn Engelbert wieder gesund ist, mixt Anna ihm einen erfrischenden Drink. Sie gibt einige frische Zweige Oreganokraut und zwei bis drei Zweige Zitronenmelissenkraut in eine Karaffe. Sie schneidet eine unbehandelte Zitrone in Schreiben, gibt diese dazu und füllt mit Wasser auf. Dies lässt sie im Kühlschrank einige Stunden ziehen. Dies ist ein erfrischendes und wohlschmeckendes Getränk. Engelbert gibt keinen Zucker dazu, er mag es nicht so süß. Der beste Durstlöscher, den es gibt. Engelbert liebt diese gesunden Speisen. Die ihn gesund erhalten und sein Immunsystem stärken. Er braucht bei der Arbeit im Sägewerk viel Kraft. Anna erfindet immer neue gesunde Kräuterkreationen für sich und ihren Engelbert.

Weinstube Klara und Hans

In der Weinstube geht es wie immer lustig zu. Es wird viel Wein getrunken, Karten gespielt, mit Musikinstrumenten gespielt und getanzt. Wenn die Gäste ein wenig trinken, ist es lustig und fröhlich. Sie sind offener und trauen sich aus sich heraus. Einige erzählen lustige Witze, andere Geschichten aus ihrer Vergangenheit. Die Männer geben natürlich mit ihren weiblichen Eroberungen an, ob sie nun stattfanden oder nicht. Die anderen mit ihren Autos. So nach dem Motto „mein Haus, mein Auto, meine Frau", einer will den anderen übertreffen. Der Jäger hat einen großen Hirsch geschossen, der Fischer einen Riesenkarpfen. Einer hat sogar ein Boot am Meer. Das macht Eindruck bei den anderen Gästen. Zu später Stunde, wenn die Gäste schon zu viel getrunken haben, findet man den Charakter des einzelnen Gastes heraus. Der eine schläft sitzend ein und fällt nicht einmal von der Bank herunter. Der andere Gast lacht und scherzt und möchte mit jeder anwesenden Frau flirten.

Einige, die ein hitziges Gemüt haben, sind mit Vorsicht zu genießen. Der Mathias, auch Hiasl genannt, spielt auf der Harmonika wie ein Gott. Aber wenn der Hiasl zu viel getrunken hat, ist er mit Vorsicht zu genießen. Da darf keine anderer ein falsches Wort sagen. Natürlich kann einer seiner Kollegen den Mund nicht halten und meint, dass Hiasls

Frau fremd geht. Ob es wahr ist oder nur ein Gerücht, weiß keiner. Der Hias wird wild und meint, der Kollege wäre der, welcher mit seiner Frau ein Gpusi hat, zieht mit seiner Faust auf und schlägt seinen Kollegen so ins Gesicht, dass dieser blutet. Der Hans und die anderen Gäste wollen den Hias beruhigen und meinen, dass dieser Kollege nichts mit seiner Frau hat. Der Hias randaliert weiter und lässt sich nicht beruhigen. Hias wirft mit Gläsern und Flaschen herum. Hans holt die Polizei. Als die Beamten eintreffen, will der Hias diese schlagen, doch da ist er zweiter. Der Polizist macht einen richtigen Griff und der Hias geht zu Boden.

Für den geschlagenen Kollegen von Hias, der noch immer blutet, wird von Klara die Rettung geholt, da man nie weiß, wie viel passiert ist. Sicher ist sicher, meint Klara, die vor Schreck ganz bleich ist. Sie hasst es, wenn es in der Weinstube eine solche Rauferei gibt. Das ruiniert den Ruf des Lokals. Die Leute reden eh schon über die Weinstube nicht gerade gut. Die Polizisten haben den Hias mitgenommen, da er noch immer sehr aggressiv war, damit er nicht noch andere Gäste gefährdet.

Nüchtern ist der Hias ein umgänglicher, hilfsbereiter Mensch. Aber wenn er zu viel Alkohol getrunken hat, ist er unberechenbar. Einige Gäste sind dann auch gegangen, wegen dieses Zwischenfalls. Die Gäste, welche noch da sind, sind ganz ruhig, dass sie sich auch erschreckt haben. Sie haben noch über den Hias geredet, dass er auch ein fleißiger Mensch ist. Klara und Hans machen dann Sperrstunde und schicken die letzten Gäste nach Hause. Sie brauchen erst einmal ein bisschen Ruhe. Sie reden noch über den Vorfall und wie man ihn hätte verhindern können. Aber es geht alles so schnell, wenn jemand aggressiv und unberechenbar ist. Sie hoffen, dass sich so ein Vorfall nicht öfter ereignet.

Hans und Klara trinken noch ein Glas Wein miteinander, bevor sie schlafen gehen. Sie sind aufgewühlt und müssen das Geschehene erst verdauen. Aber sie schlafen dann doch gut ein.

Am nächsten Tag beratschlagen Hans und Klara, dem Hias ein Lokalverbot zu erteilen. Gäste, die sich nicht benehmen können und wenn sie betrunken sind, bei jeder Kleinigkeit ausflippen, kann man im Lokal nicht gebrauchen. Sie machen immer Wirbel und der Ruf des Lokals leidet sehr darunter. Aber Hans mag den Hias. Er ist sonst ein lieber, hilfsbereiter Mensch. Sie wollen es noch mal bei einer Mahnung belassen. Aber der kleinste Vorfall und Hias bekommt ein Lokalverbot. Man muss sich die Gäste gut aussuchen, damit dann die angenehmen Gäste in die Weinstube kommen, da diese sonst wegbleiben, wenn es öfter ungute Vorfälle gibt.

Rosenblüten

Anna hat viele Rosen in ihrem Garten. Sie hat Wildrosen und auch einen Strauch mit der Damaszenerrose. Sie liebt ihre Rosen und pflegt und schneidet sie. Sie gießt und düngt sie auch manchmal. Wenn die wunderbaren roten Rosen blühen, pflückt sie einige und trocknet sie. Ihre Rosenblätter sind biologisch. Sie spritzt diese nicht. Sie legt die Blüten auf Backpapier oder einem Trockensieb im Keller auf. Die Rosen sollten lichtgeschützt, trocken und luftig trocknen. Sie geht öfter in den Keller und rührt um, damit die Blüten auf allen Seiten trocknen können. In zwei Wochen sind sie trocken. Dann gibt sie diese in saubere Schraubgläser. Die Rosenblüten sind so lange haltbar und im Winter gut zu verwenden. Wenn Anna es eilig hat, trocknet sie im Backrohr oder im Trockenautomaten. Im Backrohr bei ca. 40 Grad trocknet sie die Blüten auf einem Backpapier. Sie klemmt einen Kochlöffel in die Tür, damit die Feuchtigkeit entweicht. Dies lässt sie ca. zwei Stunden trocknen. Dann nimmt sie das Blech heraus und stellt es noch bis nächsten Tag ins Zimmer. Sie rührt manchmal um. Am nächsten Tag füllt sie die trockenen Rosenblüten in ein Schraubglas. Es gibt einige Heil bringende Anwendungen für den Rosenblütentee. Im Winter herrlich zu verwenden.

Anna macht mit den frischen Blüten auch ein herrliches Kräutersalz. Es hat eine schöne Farbe und ist auch ein tolles Mitbringsel.

Sie nimmt die frischen Blütenblätter und legt sie einige Zeit auf ein Brett, damit sie anwelken können und die Insekten sich verflüchtigen. Dann holt sie die Kaffeemühle, mixt die frischen Blüten kurz durch, gibt dann das Salz dazu und mixt noch mal kurz durch. Sie gibt dann das Rosenblütensalz auf ein Backblech mit Backpapier. Sie schaltet den Backofen ca. 50 Grad ein. Wie oben, beim Trocknen der Blüten allein. Sie klemmt auch einen Kochlöffel in die Tür, gut geht auch die Knoblauchpresse, die kann man schön in die Tür hängen, damit die Feuchtigkeit entweicht. Auch mit der Gabel manchmal umrühren. Sie lässt das Salz ca. zwei Stunden im Backofen (Anna nimmt keine Heißluft) und lässt das Backblech über Nacht im Zimmer stehen, bevor sie es in Schraubgläser füllt. Vor dem Einfüllen mixt sie das Salz noch einmal durch, damit es schön fein ist. Das Salz verwendet sie für mediterrane Speisen, überall, wo man auch Paprika verwendet. Engelbert isst das Rosenblütensalz gerne auf dem Butterbrot, es schaut so schön aus und schmeckt herrlich. Die Rose hat viele Heil bringende Inhaltsstoffe, die isst er mit dem Butterbrot mit. Die Schraubgläser beschriftet sie auch noch gut, mit Datum und was in dem Glas ist. Wenn Anna ein Mitbringsel macht, gibt sie verschiedene

Salzfarben in ein kleines Schraubglas. Zuerst gelb, da nimmt sie Sonnenblumenblüten, dann grün, da verwendet sie Schnittlauch, und zum Schluss das Rote, also das Rosenblütensalz. Das schaut sehr schön aus. Ihre Nachbarin freut sich immer über das Salz als Geschenk. Sie meinte, sie würze alle Gerichte mit Kräutersalz. Eine andere Bekannte hat das Salz gar nicht verwendet. Anna fragt: „Warum verwendest du das Salz nicht?"

Das Glas sei so schön und dekorativ, sie habe es als Erinnerung und Deko behalten. Anna hat einige Blüten- und Herzerlpickerl auf das Glas geklebt. Sie hat so eine Freude mit dem Glas und dem Salz mit den verschiedenen Farben. Sie wollte das nicht zerstören. Somit hat sich Anna auch gefreut, darüber, dass ihre Bekannte eine Freude hat mit dem Mitbringsel. Wenn Anna eingeladen ist, was soll man jemandem mitbringen, der schon alles hat? Ein Kräutersalz in einem schönen, geschmückten Glas passt immer, um jemandem eine Freude zu machen. Ob der Beschenkte es zum Würzen oder als Deko verwendet, ist Anna eigentlich egal.

Engelbert liest viel über Rosen, und erzählt Anna von der Legende von Konfuzius, der aus China schon 500 vor Christus von Rosen berichtet hat. In China wurden in früherer Zeit die Wildrosen kultiviert. Auch im Altertum wurde die Rose als Heilpflanze und für Parfüms genutzt. Vermutlich im 14. Jahrhundert wurde die Apothekerrose kultiviert wegen des Rosenöls. Engelbert erzählt auch, dass die Rose, besonders die Apothekerrose, in der Volksheilkunde gegen Magenbeschwerden oder Bronchialasthma verwendet wurde. Auch die Babylonier züchteten Rosen und nutzten und konservierten den Duft der Blüten. Engelbert erzählt die Legende, das sie die Blütenblätter in Fett tauchten und diese zu duftenden Salben verarbeitet haben. Die Perser erfanden vermutlich die Destillation von Rosenöl.

Engelbert kümmert sich um die Rosen im Garten. Er hat auch eine Damaszenerrose gepflanzt. Er erzählt, dass diese Rose aus Persien kommt und zur Heilpflanze des Jahres 2013 gekürt wurde. Engelbert hat eine große Freude mit seinen Rosen, er meint, dass der Duft der Rosen harmonisierend und beruhigend wirkt.

Anna verwendet die frischen Blüten auch in der Küche für Salate und Süßspeisen. Als Dekoration auf einer Suppe verleiht die Blüte eine sinnliche Note im Gericht. Engelbert ist sehr verliebt in Anna und liebt natürlich alles, was mit Liebe zubereitet und sinnlich ist. Eine wichtige Komponente ist die Farbe der Rosen, sie verschönern festliche und andere Anlässe. Engelbert ist der festen Meinung, dass die Rosen zu den erhabensten Farbträgerinnen gehören.

Likör mit Rosen

Anna macht mit den Blütenblättern einen Likör. Sie nimmt ca. 150 g Blütenblätter und schüttelt diese gut aus, sie wäscht sie nicht. Den Kelch löst sie ab, da dieser bitter schmeckt. Die Rosen von Engelbert sind natürlich ungespritzt. Sie legt die Rosenblütenblätter auf einem Tuch auf, damit noch Insekten entweichen können. Sie gibt dann die Blütenblätter in ein Schraubglas und gibt 250 g Zucker, 1 Packerl Vanillezucker und 2 Esslöffel Zitronensaft zu den Blüten. Sie schüttet dann 750 ml Korn darüber und rührt gut um. Sie lässt den Ansatz sechs Wochen lang ziehen. Sie stellt alles kühl in die Speisekammer und rührt öfter um, auch damit sich der Zucker schneller löst. Anna meint, wenn die Rosenblätter die Farbe verloren haben, soll man sie beim Abseihen nicht zu fest ausdrücken, da der Likör sonst eventuell trüb werden könnte. Den Likör filtert sie dann gut ab und füllt ihn in schöne Flaschen. Im Keller lässt sie den Likör dann noch sechs Wochen nachreifen, da er dann noch vollmundiger wird. In einer wunderschönen Flasche ist der Likör auch ein wunderbares Geschenk. Besonders für Klara, die gerne diesen Likör ihren Gästen serviert. Natürlich nur für die Stammgäste, die sich sehr über diesen herrlichen Geschmack freuen. Klara hat oft Damenrunden in ihrer Weinstube und wenn sie dann den Rosenlikör serviert, ist dies ein besonderer Moment und die Gäste fühlen sich geschmeichelt, wenn sie so etwas Gutes zu trinken bekommen. Der Likör ist nicht zum Trinken, sondern man muss ihn langsam schluckweise genießen, meinen auch die weiblichen Gäste einstimmig.

Hans trinkt gern über den Durst auch bei anderen Gasthäusern. Er bildet sich ein, er muss andere Lokale besuchen, damit die Gäste auch zu ihm kommen. Wenn er unterwegs ist, trinkt er meist zu viel. Er zahlt einige Runden und auch andere Gäste zahlen gerne Runden Wein oder auch Bier. Hans ist ein lustiger Typ, besonders wenn er bei anderen Kellnerinnen ist und mit ihnen flirtet, ist er immer fröhlich. Er fährt dann mit dem Auto nach Hause.

Da er an diesem Tag besonders viele Schnäpse getrunken hat, fährt er auf der falschen Seite. Die Polizei sieht das und hält ihn an. „Alkoholkontrolle!“, rufen sie laut. Hans fährt an den Fahrbahnrand und steigt aus. Er meint, er habe nur eine Mischung getrunken. Aber da er kaum stehen kann, machen die Polizisten einen Alkoholtest. Natürlich hat er 1,5 Promille Alkohol. Das ist zu viel, und sie wollen Hans den Führerschein abnehmen. Hans meint, er habe nur Medikamente genommen und daher zeigt der Test so viel an, da er nur eine Mischung getrunken habe. Der Polizist glaubt Hans nicht und nimmt ihm den Führerschein ab. Er ist nicht weit von seinem Wohnhaus entfernt. Er muss zu Fuß nach

Hause gehen. Vor Klara schämt er sich und erzählt ihr vorerst nicht, dass er zu Fuß nach Hause gehen musste. Hans fährt gerne mit dem Auto herum, daher ist es für ihn schwer, keinen Führerschein zu haben. Er fährt auch immer einkaufen für die Weinstube. Weiters sind eine Nachschulung und andere Unannehmlichkeiten zu erwarten, bis er seinen Führerschein wiederbekommt. Auch mit Kosten ist die Rückgabe meist verbunden.

Hans ohne Führerschein, das ist für ihn sehr schwer. Er muss zur Nachschulung zu einer Fahrschule. Das findet er unter seiner Würde. Aber da muss er durch. Eine Psychologin befragt ihn, das kann er schon gar nicht verstehen. Er, der „nie" etwas trinkt. Weil er leicht zuckerkrank ist, muss er Tabletten nehmen und diese sind schuld, wenn er zu viel Alkohol im Blut hat. Aber das glaubt ihm natürlich keiner. Hans ist immer gerne unterwegs und wie soll er jetzt fahren? Er hat schon einen Freund, der mit ihm fährt. Aber der will Geld sehen und gratis trinken. Hans ist sowieso nicht gut bei Kasse, da er immer zu gerne um Geld Karten spielt. Hans bittet natürlich auch Engelbert, ihn zu chauffieren. Aber das passt Anna überhaupt nicht, da Engelbert dann immer sehr spät nach Hause kommt und manchmal auch mittrinkt. Klara ist sehr verzweifelt, da sie jetzt einkaufen und die Wege auch erledigen muss. Sie hat in der Weinstube genug Arbeit mit den Gästen. Es soll auch Geld hereinkommen, um die offenen Rechnungen zu bezahlen. Diese interessieren Hans nicht. Um alles muss sich Klara kümmern. Sie ist nervlich sehr angeschlagen. Da empfiehlt ihr Anna die Heilkräfte der Melisse.

Melisse

Schon Annas Oma hatte immer verschiedene Arten von Melissen in ihrem Garten. Sie las in einem alten Kräuterbuch: *Es gibt kein besseres Mittel, das die Nerven und das Gedächtnis so schnell stärken kann als dieses herrlich wohlduftende Melissenkraut.* Anna holt einige Pflanzenteile der Zitronenmelisse, nimmt 1 bis 2 Teelöffel der grünen Blätter und gibt sie in eine Tasse, in der ¼ Liter Platz findet. Sie gießt mit kochendem Wasser auf. Sie lässt den Tee 10 bis 15 Minuten ziehen und seiht ihn dann ab. Der Tee schmeckt sehr gut, Anna gibt noch einen Löffel Honig dazu und Klara trinkt den Tee langsam in kleinen Schlucken. Klara erzählt von den Problemen mit ihrem Hans. Ein beruhigender Tee und ein Gespräch mit Anna helfen Klara sehr.

Anna erzählt Klara auch, dass die Bienen die Blüten der Melissen sehr lieben. Anna holt den Melissengeist, den ihre Oma immer angesetzt hat, und gibt Klara einen Schluck. Das Rezept hat Klara auch von ihrer Oma bekommen und da nimmt Anna 100 g getrocknete Melissenblätter und legt diese 14 Tage in 1 Liter Obstbrand ein, in einem verschlossenen Glasgefäß. Dann seiht sie die Melissenblätter ab und verdünnt mit destilliertem Wasser. Sie lässt das Gefäß nochmals 14 Tage stehen und füllt den Schnaps in schöne Glasflaschen. Diese lässt sie im Keller kühl und dunkel stehen. Bei

Einschlafproblemen oder nervlicher Angespanntheit ein Likörglas voll wirkt Wunder. Ganz langsam und ruhig schluckweise trinken und sich entspannen. Das beruhigt Körper und Seele.

Klara ist dankbar für Annas seelischen Beistand, da Hans ein schwieriger Typ ist und gute Nerven von Klara erfordert. Anna meint, Klara solle drei Tassen Tee pro Tag trinken und sie wird sich wieder besser fühlen.

Anna macht für Klara auch ein wohlschmeckendes Getränk, welches Klara auch ihren Gästen servieren kann. Anna nimmt 1 Zweigerl Minze, 2 Zweigerl Melisse, kocht dies mit 0,6 Liter Wasser auf und lässt alles 10 Minuten ziehen. Sie lässt den Tee auskühlen und gibt 0,4 Liter Johannisbeersaft dazu und schmeckt mit Zitronensaft ab. Ein gesundes Getränk auch für Kinder.

Anna kocht einige Liter dieses wohlschmeckenden Getränks. Die Gäste von Klara lieben es. Klara nimmt schöne Gläser, schmückt diese mit Orangen- und Zitronenscheiben und gibt ein grünes Melissenblatt als Dekoration in das Glas. Das Getränk schaut wie ein Cocktail aus, ist aber gesund und alkoholfrei.

Anna erzählt Klara, dass das Melissenblatt die Form eines Herzes hat. Im Mittelalter wurde die Melisse gegen Herzbeschwerden verwendet, wie der mittelalterliche Volksmund wusste, „tröstet Melisse das Herz und bläst alle Traurigkeit weg“.

Hildegard von Bingen hebt die Wirkung der Melisse bei Herzbeschwerden hervor: „Innerlich genossen, macht die Pflanze fröhlich und erheitert sie das Herz." Auch Anna hat Klara getröstet über ihren Kummer über Hans.

Anna hilft auch öfter in der Weinstube von Klara aus, wenn viele Gäste da sind oder Klara einen Weg zu Ämtern hat, da Hans keinen Führerschein hat. Klara hofft, dass Hans nicht ohne Führerschein fährt und damit noch alles verschlimmert.

Engelbert fühlt sich schon vernachlässigt, da Anna so oft bei Klara ist, um ihr zu helfen. Aber am Abend ist Anna wieder zu Hause bei ihrem Engelbert, der auch nach der Arbeit sofort zu Anna nach Hause fährt. Anna kocht ein gutes Essen und alles ist wieder in „Butter". Anna und Engelbert sind verliebt wie von Anfang an und küssen und lieben sich leidenschaftlich nach dem Essen. Es ist schön, so verliebt zu sein und eine solche Liebe zu haben. Sie sind beide dankbar dafür.

Klara sieht auf dem Kalender, dass der Geburtstag von Hans eingetragen ist. Sie fragt, ob Hans mit ihr etwas unternimmt. Sie könnten essen gehen und in Kino. Einfach einen schönen Tag miteinander verleben. Oder eine kleine Feier veranstalten mit Engelbert und Anna. Aber da sind schon die Freunde von Hans und holen ihn ab, um mit ihm zu feiern. Sie fahren in ein Gasthaus, essen gut und Hans bezahlt die Zeche. Hans freut sich, dass seine Freunde an seinen Geburtstag denken. Hans trinkt viel, denn er braucht nicht an das Fahren zu denken, und ist sehr freigiebig mit der Zeche. Seine Freunde zahlen schon auch einige Getränke.

Am späten Abend fahren sie mit ihm in ein Nachtlokal. Da ist es richtig teuer. Die Frauen der Bar schwirren um Hans und seine Freunde herum. Sie wollen etwas verdienen. Es geht lustig zu in dieser Runde. Die Männer flirten mit den Damen. Ein Freund ist auf einmal weg und ist nach kurzer Zeit wieder gekommen. Das ging aber schnell, meinen die Männer. Es wird nicht weiter darüber geredet. Hans interessiert sich gar nicht für die Frauen. Er ist schon zu betrunken. Und er hat sich schon etwas geängstigt, Klara darf von diesem Ausflug nichts wissen. Das würde sie sehr verärgern.

Auf einem Tisch tanzt eine Dame leicht bekleidet, wie es halt in so einem Etablissement üblich ist. Bald brechen die Männer auf. Das Geld ist ihnen schon ausgegangen und sie fahren nach Hause. Die Freunde von Hans müssen ihn in sein Schlafzimmer schleppen, so betrunken ist er. Er kann gar nicht mehr stehen. Klara hat sich in das andere Zimmer gelegt. Neben so einem betrunkenen Mann will sie nicht schlafen. Hans ist nicht mehr lästig. Er schläft gleich ein. Da ist Klara froh.

Am nächsten Morgen fragt Klara Hans, wie seine Feier am Vortag war. Aber Hans erzählt nicht viel. Er geht gleich in die Weinstube und beginnt mit der

Arbeit. Er will auf gar keinen Fall erzählen, wo er war. Er hofft, dass seine Freunde nichts erzählen. Dabei war Hans nur mit den Freunden unterwegs, er hat nicht gesagt, dass er in diese Bar fahren wolle.

An diesem Tag hat Hans Kopfschmerzen und einen Kater. Da hat er keine Lust, mit Klara zu feiern oder etwas zu unternehmen. Klara ist sehr traurig. Sie hat sich schon auf einige Unternehmungen mit Hans gefreut. Denn er kann sehr charmant sein, wenn er sich Klara mit beschäftigt und mit ihr ausgeht. Klara hofft, dass er mit ihr etwas unternimmt, wenn er wieder fit ist. Sie könnten auch in eine Therme fahren. Aber Hans will nichts davon wissen. Er meint nur, dafür wäre kein Geld da. Hans hat viel Geld verbraucht bei dem Geburtstagsabenteuer mit seinen Freunden.

Klara ist sehr traurig und sie geht zu Anna. Diese muss sie wieder trösten. Anna meint, der Hans ist einfach so, sie sollte sich nicht ärgern und ihn einfach nehmen, wie er ist. Klara fühlt sich sehr vernachlässigt. Er kümmert sich kaum um sie. Auch hat er ein schlechtes Gewissen, wegen des Geburtstages und da er den Führerschein verloren hat. Hans will auch keine Vorhaltungen von Klara, darum geht er ihr aus dem Weg. Klara will dann doch mit ihm reden. Sie meint, sie mache ihm keine Vorhaltungen. Was passiert ist, kann man nicht mehr rückgängig machen.

Hans redet dann doch mit Klara. Und er entschuldigt sich, dass er den Geburtstag nicht mit ihr gefeiert hat. Er will das wiedergutmachen und schlägt vor, ein paar Tage in eine Therme zu fahren. Das wäre großartig, meint Klara. Anna wird in der Zeit die Gäste in der Weinstube betreuen. Engelbert hilft sicher dann auch mit und unterhält sich mit den Gästen. Klara will ein paar Tage buchen. Aber Hans meint: „Wir fahren einfach los in die nächste Therme."

Anna und Engelbert sind einverstanden und betreuen die Weinstube. Hans und Klara fahren zur nächsten Therme, es ist auch ein Zimmer frei. Sie sprechen nicht mehr über den Führerschein und anderes. Sie baden den ganzen Tag und am Abend beim Essen gönnen sie sich ein Glas Sekt und stoßen auf den Geburtstag von Hans an. Hans kann auch sehr charmant sein. Besonders wenn Hans und Klara allein sind, ist Hans sehr nett und einfühlsam. Darum wäre es gut, wenn sie öfter wegfahren würden.

Sie verbringen ein paar gute Tage in der Therme. Die Entspannung tut ihren und ihrer Beziehung gut. Sie sprechen nur von angenehmen Dingen und verstehen sich gut. Klara tut die Abwechslung gut. Nur ganz allein, ohne Kumpel und Gäste. Das hätte länger als ein paar Tage dauern können. Aber die paar Tage waren schon sehr angenehm.

Anna betreut die Gäste in der Weinstube und Engelbert spielt mit den Gästen Karten. Sie spielen um Geld, was Anna sehr missfällt, da Engelbert auch verliert. Sie will, dass die Männer nur um die Zeche spielten. Aber dies ist ihnen zu langweilig. Engelbert trinkt auch einige Viertel Wein, was Anna auch nicht gut findet. Er muss am nächsten Tag arbeiten. Anna ist froh, wenn Klara wieder nach Hause kommt. Ein betrunkener Gast, der auch Geld verloren hat, will mit Engelbert eine Rauferei beginnen. Anna geht dazwischen. Sie haben dann doch vor ihr Respekt. Der andere Gast ist dann nach Hause gegangen.

Anna macht die Weinstube zu, sie macht Sperrstunde und ist froh, nicht immer in der Weinstube arbeiten zu müssen, da Engelbert auch ein lockerer, lustiger Typ ist und sich gerne unterhält. Anna ruft Klara an, wie es ihr in der Therme gefällt. Klara hat es sehr gut gefallen, da sich beide, Hans und Klara gut verstanden haben. Anna meint zu Klara, dass sie froh ist, nicht immer Wirtin sein zu müssen. Ihre Kräuter sind ihr viel lieber. Auch wäre es für ihre Beziehung nicht gut. Anna hat zwar ihren Engelbert in der Weinstube kennen- und lieben gelernt, aber es ist besser für ihre Beziehung, wenn sie oft in ihrer Wohnung allein sind. Eine Weinstube ist für jede Beziehung nicht gut. Ob für die Gäste oder für die Wirtsleute selbst. Wenn Gäste am Samstag paarweise kommen, dann unterhalten sie sich schon gut.

Aber bezüglich Alkoholkonsum und wann man nach Hause geht, gibt es auch oft Diskussionen. Wenn die Männer Karten spielen, ist es den Frauen auch langweilig, wenn sie nur zuschauen können. Wenn die Männer dann Geld verlieren, sind die Frauen auch nicht erfreut. Eine Weinstube ist somit Fluch und Segen. Einerseits lustig und andererseits Anlass zu Streitigkeiten. Die Männer wollen lang bleiben und die Frauen wollen meist früher nach Hause gehen. Es gibt schon Paare, wo die Frau länger bleiben möchte und der Mann nach Hause will, da er von der Arbeit müde ist.

Nach einigen Tagen kommen Klara und Hans nach Hause. Anna ist froh, wieder ihren Engelbert für sich zu haben.

Wald

Anna und Engelbert haben ein freies Wochenende und das wollen sie nutzen und in den Wald gehen. Sie spazieren Hand in Hand. Engelbert erklärt Anna die Redewendung „auf einen grünen Zweig kommen“. Nach einem heidnischen Brauch überreichte der Verkäufer eines Grundstückes oder Hauses dem neuen Besitzer einen grünen Zweig. Die Übergabe sollte die guten Geister am Grundstück ansiedeln. Wer arm war, konnte sich kein Grundstück oder Haus kaufen, er kam somit auch nie auf eine „grünen Zweig“. Engelbert erzählt Anna diese interessante Geschichte. Er erzählt auch von der Therapie „Waldbaden“, die immer mehr bei stressgeplagten Personen angewendet wird. Die Personen gehen bewusst durch den Wald mit einer Führerin oder einem Führer, die bestimmte Übungen mit ihren Klienten machen. Der Wald ist besonders zum Meditieren sehr angenehm. Die Waldluft ist für Engelbert und Anna wie Medizin. Sie atmen bewusst tief ein und langsam aus, so können sich Leib und Seele erholen. Anna schließt die Augen, setzt sich unter einen Baum und hört zehn Minuten dem Wald zu. Sie lauscht dem Wind, den Vögeln und anderen Naturgeräuschen. Der Wald hat auch eine Immunsystem stärkende Wirkung, erzählt Engelbert. „Schon unsere Großeltern sind zur Entspannung gerne durch den Wald gegangen und wussten, dass dies

Körper, Geist und Seele guttut. Der Duft des Waldes ist gut für die Atemwege und macht uns widerstandsfähig."

Engelbert nimmt einen Zapfen mit und zu Hause legt er ihn auf sein Nachtkästchen und immer, wenn er Entspannung braucht, schaut er den Zapfen an und erinnert sich an die schönen Stunden im Wald.

Anna sieht eine Lichtung, da wurden Fichten abgeholzt und Zweige sind noch liegen geblieben. Sie nimmt einige Zweige mit. Anna und Engelbert setzen sich verliebt au einen Baumstamm und küssen sich. Der Wald ist besonders schön mit einem geliebten Menschen. Sie haben vor, öfter in den Wald zu gehen. Es ist so romantisch.

Fichtennadelbad

Zu Hause angekommen, reißt Anna die Nadeln von den Fichtenzweigen ab und die Zweigspitzen. Sie zerkleinert sie und kocht diese zehn Minuten mit Wasser ab. Sie seiht dies ab und gibt dies zum Badewasser. Engelbert liebt ein Entspannungsbad. Schon zehn Minuten im Bad und Engelbert fühlt sich vital und das Bad regt auch den Stoffwechsel an. Die Reste der Zweige legt Anna in die Küche, um im Raum eine erfrischende Luft zu haben, und sie erinnert sich dann auch an den schönen Spaziergang durch den Wald. Besonders wenn sie sich nicht gut fühlt, setzt sie sich neben die Fichtenzweige, hält den guten Duft zur Nase und hat schöne Gedanken, die sehr wichtig sind, durch die Erinnerung an den Waldspaziergang.

Das nächste Mal möchte Anna ihre Freundin Klara auf einen Waldspaziergang mitnehmen. Ihr tun die frische Luft und die Ruhe sicher auch gut. Klara hat immer viel Aufregung mit Hans und der Weinstube.

Gäste

In die Weinstube kommt immer ein nettes Pärchen. Sie kommen oft und Klara freut sich, dass es doch noch Paare gibt, die sich lieben und gut verstehen. Aber wie so oft trügt der Schein. Sie lieben sich schon sehr geliebt, aber er ist noch verheiratet. Er hatte vor längerer Zeit einen Motorradunfall und seine Frau damals hat sich sehr schwer verletzt. Jetzt kann er sich nicht scheiden lassen. Außerdem ist das Geld knapp, da er seine Ehefrau noch finanzieren muss. Die Frau hat auch zwei Kinder aus einer anderen Ehe. Wenn sie nüchtern sind, sind sie lieb zueinander. Aber sobald sie etwas getrunken haben, streiten sie. Anna hat fast Angst, dass sie zum Raufen kommen. Sie streiten über Geld und darüber, dass er die Freundin nicht heiraten kann, da er sich nicht scheiden lassen kann. Über ihre Kinder, die nicht einfach sind. Klara wundert es, dass sie immer noch zusammen sind und sich nicht schon getrennt haben. Später erfährt Klara, dass sie ein Gasthaus gepachtet hat. Er ist Techniker und sie haben sogar zusammen ein Haus gekauft. In der Weinstube haben sie sich immer, wie man so schön sagt „zusammengerauft". Es gibt wahrscheinlich immer in der Weinstube das reinigende Gewitter. Nach dem Motto, was sich liebt, das neckt sich, und was sich noch mehr liebt, das „peckt" sich. Die Versöhnung wird dann auch sicher sehr intensiv gewesen sein. Klara meint zu Anna: „Vielleicht ist es doch besser, den Ärger auszusprechen, als immer um des lieben Friedens willen nichts zu sagen. Man bekommt sonst so eine innere Wut mit der Zeit und mag den anderen dann gar nicht mehr."

Aber die Gäste von Klara haben auch oft interessante Beziehungen. Bei manchen wundert man sich, dass sie noch zusammen sind, und andere trennen sich, obwohl man glaubte, da ist alles in Harmonie. Beziehungen und Familie sind ein Abenteuer. Und in einer Beziehung mit den Macken des anderen zurechtzukommen, ist nicht einfach.

Mit diesem Pärchen ist auch ein Gendarmeriebeamter befreundet, der gerne in der Weinstube eingekehrt ist. Ein solcher Beamter hat immer unterschiedlich seinen Dienst. Er ist verheiratet mit Haus und Kindern. Aber dies scheint ihm nicht genug zu sein. Er kam immer mit seinen jeweiligen Freundinnen in die Weinstube. Die Weinstube ist etwas abseits und Klara und Hans sind sehr verschwiegen, was ihre Gäste betrifft. Sie sitzen immer gegenüber und reden. Seine Frau bringt er nie mit in die Weinstube. Der Beamte unterhält sich immer gut mit seinen Freundinnen. Aber es gibt nie Küsse oder Zärtlichkeiten. Klara ist sich trotzdem nicht sicher, ob der Beamte mit seinen jeweiligen Freundinnen auch intimen Kontakt hat. Er trinkt auch kaum etwas, da er meist im Dienst ist.. Seiner Frau wird er etwas von Dienst und Überstunden erzählt haben.

Klara sieht ein Pärchen im Auto, das sich küsst und liebt bei ihrem Spaziergang am Waldrand, etwas abseits. Aha, und wen sieht sie da, der Beamte mit seiner Freundin. Eng umschlungen im Auto. Klara versteckt sich, damit der Beamte sie nicht sieht. Ihr ist es egal, was ihr Gast macht, und wenn er seine Frau betrügt, geht sie das nichts an. Sie ist froh, wenn er in die Weinstube kommt, egal, mit wem und wann. Sie ist nur froh, dass sie keinen Kontakt mit seiner Frau hat. Sie wäre sich nicht sicher, ob sie ihr nicht sagen würde, was ihr Gatte so treibt. Der Beamte geht dann auch noch zur Freiheitlichen Partei und macht viel für die Partei. Dann kann er noch mehr Zeit für seinen Freundinnen abzweigen. Er muss Werbung für die Partei machen.

Klara erzählt niemandem, was sie gesehen hat. Denn ob die anderen den Mund halten, dessen ist sie sich nicht sicher.

Apfel

Anna liebt Äpfel, sie isst täglich einen oder mehrere. Besonders die Sorte Gala hat es ihr angetan. Sie berichtet Engelbert vom englischen Sprichwort: „An apple a day keeps the doctor away.“ Engelbert meint, er könne kein Englisch. Sie solle ihm dies übersetzen. Anna übersetzt: „Ein Apfel täglich und der Doktor kann gehen oder wird nicht mehr gebraucht.“

Anna meint, Engelbert hat etwas erhöhtes Cholesterin, da ist ein Apfel auch sehr hilfreich und er hilft auch bei seinem hohen Blutdruck. Besonders für den Stoffwechsel ist ein Apfel sehr gut. Anna schneidet für Engelbert kleine Spalten und die isst er dann doch und es schmeckt ihm. Anna meint zu Engelbert, das nächste Mal, wenn du zu viel getrunken hast, bekommst du zwei knackige Äpfel auf nüchternen Magen, das hilft gegen den Alkoholkater. Ein gutes Hausmittel von Annas Oma ist, wenn nach einer langen Wanderung die Füße schmerzen, diese mit Apfelessig einzureiben, den Anna vorher anwärmt. Der Apfel ist ein wohlschmeckendes und sehr gesundes Obst. Anna bekommt manchmal von einer Bäuerin Bioäpfel, welche nicht so schön und auch nicht sehr süß sind. Dann backt Anna einen Apfelstrudel für Engelbert. Sie schält die Äpfel und zerkleinert sie. Engelbert liebt Annas Apfelstrudel mit Zimt und Zucker. Aus den Schalen und dem

Gehäuse, ohne Kerne, macht Anna dann einen Apfelsirup, der allen sehr gut schmeckt. Sie kocht die Apfelreste mit 600 ml Wasser und 500 g Sirup Zucker. Sie lässt dies 40 Minuten köcheln. Anna seiht den Sirup ab und füllt ihn in Flaschen. Man braucht auf ¼ Liter Wasser oder auch Sekt nur 1 Stamperl voll Sirup. Besonders gut schmeckt der Sirup mit kaltem prickelndem Mineralwasser. Auch in den Tee kann man den Sirup geben.

Anna und Engelbert fahren nach Wien

Anna meint zu Engelbert: „Es wird Zeit, dass wir etwas für unsere Beziehung tun. Wir fahren irgendwo hin.“

Anna hat gerade in der Zeitung von „Holiday on ice“ in der Wiener Stadthalle gelesen. Das wäre etwas, aber ob Engelbert das auch mag ...? Sie fragt ihn am Abend, als er nach Hause kommt. Er ist einverstanden. Es freut ihn schon, wenn Anna etwas möchte und sie sich freut. Anna küsst ihren Engelbert überschwänglich, sie ist sich nicht sicher, ob er eine solche Veranstaltung überhaupt mag. Anna bucht die Karten im Internet und ein Hotelzimmer in Wien, in der Nähe der Stadthalle. Auch die Zugkarten kauft sie im Internet. Sie können dann ruhig fahren, es ist alles geregelt. Die Koffer sind schnell gepackt, für drei Tage brauchen sie nicht viel. Sie fahren mit dem Zug. Im Zug lehnt sich Anna liebevoll an Engelbert. So eine Zugfahrt ist herrlich, wenn man jemanden liebt und er ganz nah ist. Das Hotel haben sie mit dem Taxi erreicht. Es ist ein einfaches, aber sehr gemütliches Hotel. Die Mitarbeiter vom Hotel sind sehr freundlich. Die beiden wollen zwei Nächte bleiben. Am Abend gehen sie in Wien spazieren und trinken einige Gläser Wein. Im Hotel angekommen, sind sie beschwingt und lustig. Sie lieben sich und küssen sich die halbe Nacht. In der Früh können sie lange schlafen und kuscheln.

Das Frühstück ist erst um 10 Uhr. Die Aufführung der Eisrevue ist um 15 Uhr in der Stadthalle Wien. Sie fahren mit dem Taxi dorthin. Viele Menschen wollen in die Halle. Anna findet über Google heraus, dass in der Wiener Stadthalle 16.000 Personen Platz haben. Sie sind in der Halle D, und diese ist voll mit Menschen. Aber sie fanden ihren Platz sofort. Es ist alles gut beschriftet. Die Vorstellung und die Lichteffekte sind wunderbar. Die Eisläufer haben ein wahnsinniges Können. Die männlichen Eisläufer wirbeln ihren Partner in der Luft herum. Es ist gigantisch. Ein Erlebnis, wie es kein zweites gibt. Die großartige Veranstaltung dauert zweieinhalb Stunden, mit einer Pause von 20 Minuten. Es ist auch wie eine Zirkusvorstellung, da einige auch in der Luft ihre Kunststücke vollbringen. Eine sehenswerte Vorstellung haben die Künstler geboten. Auch Engelbert ist begeistert von den Darbietungen der Eiskunstläufer.

Am Abend gönnen sie sich auch wieder einige Achterl Wein in einer Gaststätte und im Hotel ist es wieder sehr lustig. Nach zwei Nächten fahren sie wieder nach Hause. Es war ein gelungener Ausflug in die Hauptstadt.

Anna meint: „Das müssen wir öfter machen.“

Ein Ausflug ist für die Verliebten immer etwas Schönes. Der Zug nach Hause ist so voll. Sie finden keinen Sitzplatz. Sie hätten reservieren sollen. Sie gehen dann in den Speisewagen und bleiben dort während der ganzen Fahrt sitzen. Es war wie 1. Klasse, sie essen und trinken auch etwas. So ist die Heimfahrt auch wunderbar und sehr gemütlich. Eine gelungene Fahrt nach Wien. Anna meint, sie werde bald die nächste gemeinsame Reise organisieren.

Bratapfel mit Pudding

Die Reise von Anna und Engelbert war so schön. Deshalb möchte Anna ihren Liebsten mit seiner Leibspeise verwöhnen, aus Dankbarkeit für diese wunderschöne Reise. Engelbert liebt den Bratapfel. Besonders im Winter isst er gerne Bratäpfel mit Vanillesoße. Anna bäckt dies öfter, da sie diese Speise auch sehr gerne isst.

Anna nimmt 4 säuerliche Äpfel, 30 g Butter, 2 Esslöffel Honig, etwas Zimt. Wenn Anna hat, gibt sie noch 15 g geriebene Haselnüsse oder Walnüsse und 1 Esslöffel Rosinen dazu. Die Rosinen weicht sie in etwas Flüssigkeit vom Rumtopf ein, dann sind sie besonders gut. Anna schmelzt die Butter und vermengt alles mit den Zutaten, die sie hat, Nüsse und Rosinen. Den ungeschälten Apfel höhlt sie aus. Sie gibt die Füllung in den Apfel. Sie lässt einen Abstand zum Boden, damit die Füllung nicht ausrinnt. Zum Schluss gibt sie Marzipan in die Höhle des Apfels. Die Form hat sie schon ausgebuttert, in diese legt sie die gefüllten Äpfel. Das Backrohr hat sie schon eingeschaltet auf 200 Grad. Die brät die Äpfel ca. 30 Minuten im Rohr. Die Äpfel sind fertig, wenn die Schale aufgesprungen ist. Anna macht einen Pudding nach Anleitung auf der Packung dazu. Sie legt gebratenen Apfel in einen schönen Teller und rundherum den Pudding. Das liebt Engelbert und er lässt es sich schmecken. Engelbert küsst seine Liebste. Die Liebe geht durch den Magen, das gilt auch heute noch.

Anna geht zu Klara und erzählt ihr von der wunderschönen Reise und den Bratäpfeln, die Engelbert sehr geschmeckt haben. Klara meint, sie wird ihrem Hans auch einmal Bratäpfel machen und ihn zu erfreuen. Sie ist sich aber nicht sicher, da Hans eher ein Fleischtiger ist.

Gäste

Ein prominenter Geschäftsmann kommt öfter mit seinen jeweiligen Freundinnen in die Weinstube, da sie etwas abseits liegt und Klara und Hans sehr verschwiegen sind. Der Geschäftsmann unterhält sich gut, auch mit den anderen Gästen. Es wird gesungen uns gelacht und auch getanzt. Jeder der Gäste hat auch viel getrunken. Auf einmal kommen zwei Polizisten in die Weinstube. Sie kommen auch gerne, da sie hier ihre Ruhe haben und auch etwas trinken können. Aber diesmal nicht. Der Geschäftsmann, schon etwas angetrunken, wird frech zu den Polizisten. Diese haben sich in einen anderen Raum gesetzt, sie wollen ihre Ruhe haben vor den anderen Gästen im Lokal. Aber er ist unverschämt und offenbar hatte er einmal Probleme mit der Polizei, das will er genau in dieser Stunde mit den Polizisten diskutieren. Sie haben nicht viel Notiz von ihm genommen und Klara hat diesen betrunkenen Geschäftsmann ganz höflich in einen anderen Raum gezogen, sodass er dann Ruhe gibt und sich wieder mit seiner Freundin befasst. Dieser hat diese Vorstellung mit den Polizisten nicht gefallen, sie ist einfach gegangen. So, und jetzt das nächste Problem. Der Geschäftsmann hat sich beruhigt, aber wenn er jetzt ins Auto steigt, ist sein Führerschein weg. Er wird dann sicher auch noch ausfällig. Betrunken sind manche Menschen unberechenbar. Jetzt ist

Klara eingefallen, seine Gattin anzurufen. Sie soll ihn holen. Sie ist auch bald da. Klara meint, er habe zu viel getrunken beim Karten spielen und dass Polizisten im Lokal sind. Das Interessante ist, Klara denkt, seine Frau würde ihm eine Szene machen. Nein, sie grüßt ihn freundlich und sagt kein Wort. Sie wird schon wissen, dass er, wenn er betrunken ist, aggressiv ist. Sie wartet ruhig, bis er gewillt ist, zu gehen, und Hans befasst sich mit ihm. Spielt Karten und lenkt ihn ab. Die Polizisten unterhalten sich auch gut in einem anderen Raum. Sie sehen seine Frau und wissen, dass er nicht mit dem Auto fährt. Nach einiger Zeit ist er gewillt, mit ihr zu fahren.

Am nächsten Tag kommt er, um sein Auto zu holen, und ist Hans sehr dankbar, das er die Situation gerettet hat. Das wäre schlimm ausgegangen. Er weiß selbst, dass er unberechenbar ist, wenn er getrunken hat, und es hätte auch zu Handgreiflichkeiten kommen können. Das wäre teuer geworden. Zumal auch der Ruf der Weinstube beschädigt ist, wenn es im Lokal zu Unstimmigkeiten kommt.

Er trinkt am nächsten Tag nur mehr Limonade. Er ist so froh, dass Hans und Klara so besonnen reagiert und seine Gattin geholt haben, die er gar nicht angefordert hat.

Fitnessstudio

Im Ort hat ein neues Fitnessstudio eröffnet. Die Prominenz vom Ort ist zur Eröffnung eingeladen. Auch alle Geschäftsleute. Auch Hans ist eingeladen und folgt gerne der Einladung. Der neue Besitzer, ein gut aussehender kräftiger Mann mit vielen Muskeln, führt die Geräte vor und teilt auch mit, bei welchen Problemen welche Bewegung wichtig ist. Besonders plagen viele Rückenschmerzen und diesbezüglich stellt der Besitze ein Programm von Bewegungen vor, die gut helfen. Aber auch um Übergewicht loszuwerden, gibt es verschiedene Übungen mit den Geräten. Der Besitzer stellt auch die hübschen Damen vor, die ihn unterstützen werden bei der Betreuung seiner Kunden. Es werden gesunde Getränke und auch Kaffee ausgeschenkt. Die Gäste probieren die Geräte vor Ort aus und die hübschen Damen führen durch das Studio. An einigen Abenden in der Woche werden auch Fitnessveranstaltungen durchgeführt. Für Senioren oder für Jugendliche. Für einen monatlichen Beitrag kann man das Studio besuchen, so oft man möchte.

Hans ist sehr begeistert von diesem Angebot. Er hat auch einen Abbuchungsauftrag unterschrieben, da einige Monate am Anfang gratis angeboten werden. Hans hat zu viel Übergewicht, das er gerne loswerden würde. Und der Rücken tut ihm auch manchmal weh.

Da das Studio nicht weit entfernt ist von der Weinstube, kann Hans zu Fuß hingehen. Er hat keinen Führerschein, was ihn schon sehr schmerzt. In den nächsten Tagen geht er öfter ins Fitnessstudio, da ihm die Damen auch sehr gefallen haben. Zu Klara meint er, er habe Rückenschmerzen, die er so in den Griff bekommen würde. Was soll Klara machen? Etwas für seinen Rücken zu tun, das findet sie auch sinnvoll. Sie betreut die Gäste in der Weinstube, während Hans unterwegs ist. Er ist sowieso gern unterwegs, also findet Klara, dass dies eher sinnvoll ist, da er etwas für seine Gesundheit tut. Er geht einige Male die Woche ins Studio. Er macht auch viel Bewegung und trinkt gesunde Getränke. Smoothies, hat eine Dame gemeint. Diese haben Hans sogar geschmeckt. Da sie mit viel Obst zubereitet sind, schmecken sie sehr gut. Die ältere der beiden Damen ist für die Getränke zuständig. Diese hat es Hans besonders angetan. Sie hat ihm einen Smoothie gemixt, der besonders gut geschmeckt hat.

Smoothie

Sie hat ihm auch das Rezept verraten, sie nahm 1 Banane und eine Kiwi, einen halben Liter Orangensaft und einen Teelöffel Honig. Hans war begeistert, wie gut Gesundheit schmeckt. Es muss nicht immer Alkohol sein, um etwas zu genießen. Die Dame gibt zu diesem Smoothie auch eine Handvoll Brennnesseln und mixt das Ganze noch einmal. Man merkt gar nichts von der Brennnessel und hat die gesunden Wirkstoffe der Brennnessel im Getränk. Die Dame gibt noch Eiswürfel in das Getränk, das Glas ist mit in Scheiben geschnittene Orangenscheiben verziert und ein Schirmchen ist am Rand des Getränkes. Der Smoothie sieht wie ein Cocktail aus. Die Gäste vom Fitnessstudio sind begeistert von den Kreationen der Kellnerin im Studio, die Franziska heißt. Sie ist eine Meisterin ihres Faches und ist sehr kreativ bei den Getränken. Es gibt keinen Alkohol, aber ihre Getränke richtet sie so appetitlich an, dass die Gäste gerne einen gesunden Drink in lustiger Runde nehmen. Sie mixt auch einen Drink mit Brennnesselblättern, Apfelsaft und Kiwi.

Ein anderer Smoothie ist mit 1 Banane und einer Mango mit 100 ml Mango Saft, 100 ml Naturjoghurt und etwas Zucker. Da die Mango eine wunderbare Frucht ist, schmeckt dieser Smoothie besonders lecker. Die Besucher des Studios sind begeistert von den Smoothies von Franziska. Da sie die Gläser wunderbar dekoriert, trinkt das Auge mit. Die Getränke sind nicht billig, werden aber von den Gästen wunderbar aufgenommen und gern getrunken. Hans erzählt Klara ganz begeistert von seiner neuen gesunden Welle. Bewegung und vitaminreiche Getränke. Sie soll doch auch einmal hingehen. Aber Klara geht zu Anna, um gesunde Getränke zu trinken, diese kennt sich auch mit Kräutern gut aus und serviert dann einen gesunden Tee. Bei Anna bekommt Klara die gesunden Getränke umsonst.

Hans ist gut gelaunt, aber es stört ihn, dass er keinen Führerschein hat. Klara ist froh darüber, so kann er nicht so viel unterwegs sein. Manchmal holen ihn seine Freunde ab und dann kommt er meinst sehr betrunken nach Hause, da er nicht fahren muss und sich gehen lassen kann. Klara ist froh, wenn er dann gleich zu Bett geht und nicht lästig ist. Sie sagt kein Wort, da er sonst ausfällig wird, wenn er betrunken ist. Er schläft meist schnell ein, da ist Klara froh.

Hans fährt am nächsten Tag zur Bezirkshauptmannschaft und fragt nach, wann er seinen Führerschein wiederbekommt. Er muss vom Arzt einen Lebertest vorlegen und zur Nachschulung zur Fahrschule gehen. Das gefällt ihm nicht. Alles ist mit Unkosten verbunden und eine Psychologin ist gekommen bei der Nachschulung. Hans geht zum Arzt und holt den Lebertest, der in Ordnung ist, und gibt diesen bei der Bezirkshauptmannschaft ab. Er meint zu Anna: „Ich bin doch nicht verrückt, dass ich mich von einer Psychiaterin ausfragen lassen muss." Er findet das unmöglich. Aber da muss er jetzt durch, er will so bald wie möglich seinen Führerschein wiederbekommen. Seine Leberwerte sind nicht so schlecht, da er nicht immer Alkohol trinkt. Gerade nur wenn er in einer Runde mit seinen Freunden ist und dies genießt.

Nach einiger Zeit bekommt er von der Bezirkshauptmannschaft den Führerschein zugeschickt. Er ist echt froh, wieder fahren zu können. Er nimmt sich vor, keinen Alkohol mehr zu trinken, wenn er mit dem Auto fährt.

Spitzwegerich

Anna und Klara wollen einmal in die Natur gehen. Hans ist gut gelaunt und betreut die Gäste in der Weinstube. Er spielt Karten mit ihnen und ist lustig. Sie gehen auf den Berg, und die Luft ist herrlich. Klara hat sich neue Wanderschuhe gekauft und das ist gar nicht gut. Sie hätte diese Schuhe zuerst zu Hause tragen sollen. Sie drücken auf einer Seite sehr. Anna hat gleich eine Abhilfe parat. Am Wegesrand wächst Spitzwegerich. Sie nimmt einige Blätter und legt dies auf die drückende Stelle im Schuh. Klara fühlt sich gleich besser. Anna erzählt Klara, dass in der Steinzeit die Assyrer schon bei Schwellungen und kleinen Wunden die Spitzwegerichblätter aufgelegt haben. Das haben Zeichnungen ergeben. Anna weiß von ihrer Oma, dass man Spitzwegerichblätter aufreiben und bei Insektenstichen auf die betroffene Stelle legen soll. Der Spitzwegerich wird auch „Indianerpflaster" genannt, da er bei kleinen Wunden sehr hilfreich ist. Die zerquetschten Blätter wirken schmerzlindernd und heilend. Anna pflückt immer Spitzwegerich und trocknet ihn. In der Hustenzeit sei ein Tee sehr wirksam, erzählt sie auf der Wanderung. Sie meint, dass der Tee stärkend wirkt, besonders nach einer Krankheit sei dies hilfreich. Anna erklärt auch Klara, dass man mit dem Spitzwegerich-Tee vorsichtig umgehen und ihn Kinder unter zwölf Jahren nicht geben soll. Dies sollte man eher mit dem Arzt abklären. Klara hört aufmerksam zu, da Kräuterkunde sehr interessant ist. Sie setzen sich auf eine Bank. Anna erzählt, dass ihre Oma in Mangelzeiten den Spitzwegerich als Salat gegessen oder eine Suppe gekocht hat, auch mit der Wurzel. Die Oma hat auch Kräutersalz mit Spitzwegerich gemacht. Wenn sie Zahnfleischbluten gehabt hat, hat Oma mit einem Tee gegurgelt. Klara interessiert sehr, was man alles mit Spitzwegerich machen kann, sodass die Wanderung kurzweiliger ist, wenn man sich etwas zu erzählen hat. Anna hat Klara noch erzählt, wie ihre Oma den Schichtsirup gemacht hat, der sehr gut gegen Husten ist. Sie hat die geschnittenen Blätter und den Honig in Schichten in ein sauberes Glas in 1 cm dicke Schichten gegeben. Das Glas hat sie dann verschlossen und oft geschüttelt. Nach drei Wochen hat sie das Glas abgeseiht und in dunkle Flaschen umgefüllt. Oma hat dreimal täglich diesen Sirup in den Tee gegeben und bei Husten einige Löffel zu sich genommen. Dies hat die Reizung der Schleimhäute gelindert. Im Winter ist dieser Sirup sehr hilfreich bei Erkältung. Klara will zu Hause auch so einen Sirup machen.

So lernt Klara viel von Anna nur bei einer Wanderung. Klara ist auch dankbar für die Hilfe in ihrem Schuh. Die Druckstelle hat sie kaum mehr gespürt. Sie sind aber dann nicht weiter gegangen, sondern gemütlich nach Hause.

Anna hat auch einigen Spitzwegerich gepflückt unterwegs. Sie will einen Teil trocknen und eine Suppe kochen, auch mit der Wurzel. Sie wäscht die Spitzwegerichblätter, befreit die Wurzel von den kleinen Haarwurzeln und schneitet Blätter und Wurzel klein. Sie röstet eine Zwiebel an, gibt zwei Kartoffeln klein würfelig geschnitten dazu und kocht diese weich. Anna würzt mit 2 Zehen Knoblauch, 1 Lorbeerblatt und etwas frischer Petersilie, Salz und Pfeffer und gibt den Spitzwegerich dazu, bis alles weich gekocht ist. Wenn Anna Schlagobers hat, gibt sie etwas dazu. Sie schmeckt die Suppe ab, sie hat genug gewürzt. Zum Schluss schneidet sie altes Brot würfelig und röstet dieses an mit Zwiebeln und gibt sie zur Suppe als Suppeneinlage. Anna und Klara essen genüsslich die Suppe und Engelbert kommt auch von der Arbeit nach Hause und isst mit ihnen. Es schmeckt ihm sehr. Er isst gern Suppen, in allen Variationen. Eine so besonders gesunde Suppe liebt er immer. Er küsst Anna auf die Wange vor Freude und drückt sie zärtlich an sich. Klara hat eigentlich keine Lust, nach Hause zu Hans zu gehen. Bei Anna und Engelbert ist es so gemütlich. Sie leben in Harmonie und das ist so schön anzuschauen. Aber sie muss, Anna und Engelbert wollen auch wieder allein sein.

Sie geht zu Hans in die Weinstube, es sind noch einige Gäste dort. Hans und die Gäste spielen Karten, das Geld, mit dem sie spielen, haben sie schnell versteckt, da Klara es nicht mag, wenn sie um Geld spielen.

Klara ist müde. Sie geht schlafen und lässt Hans allein mit seinen Gästen, die froh sind, denn sie können wieder um Geld spielen. Aber die Verlierer freuen sich nicht. Wenn sie betrunken sind, verlieren sie oft viel Geld und am nächsten Tag, kommt das böse Erwachen. Das Geld ist weg. Und sie haben alle nicht sehr viel davon.

Hans macht Sperrstunde und geht auch schlafen. Klara schläft schon.

Am nächsten Tag will Hans wieder ins Fitnessstudio gehen. Er meint: „Gestern warst du mit Anna wandern, heute werde ich etwas für meine Figur tun", und er freut sich schon. Er geht ins Studio und trainiert an einigen Geräten. Da er keine Kondition hat, geht er bald zu Franziska an die Bar. Sie unterhalten sich, das ist weniger anstrengend als die Übungen an den Geräten. Hans fragt Franziska, wie es ihr geht und ob sie in einer Beziehung ist. Sie ist schon lange verheiratet, aber offenbar nicht mehr sehr glücklich. Ihr Mann ist auch viel unterwegs. Er arbeitet auch auf Montage und ist deswegen viel weg. Hans erzählt, dass er auch verheiratet ist und auch nicht mehr glücklich. Sie leben nebeneinanderher.

Franziska kredenzt ihm ihre wohlschmeckenden Getränke, fast Cocktails, nur alkoholfrei. Hans erzählt von seiner Weinstube und sie solle ihn einmal besuchen, wenn er Dienst hat in der Weinstube.

Am nächsten Tag kommt sie in ihrer Freizeit in die Weinstube. Sie hat ihre Freundin dabei. Hans ist ganz erfreut über ihren Besuch, Klara ist auch gerade nicht da. Sie arbeitet in der Küche. Sie unterhalten sich angeregt und trinken einige Glaserl Wein. Hans findet Franziska sehr nett. Sie ist nicht mehr jung, aber sehr hübsch und hat eine gute Figur. Franziska erzählt Hans, dass sie auch oft trainiert an ihrem Arbeitsplatz. Da ist sie an der Quelle. Sie ist früher oft in ein Fitnessstudio gegangen. Darum hat sie gern in diesem neuen Studio zu arbeiten begonnen. Der Besitzer war auch froh, eine ältere Mitarbeiterin zu haben, da diese meist verlässlicher sind als junge Damen. Klara kommt in die Weinstube und begrüßt Franziska auch freundlich. Klara findet sie auch nett. So geht der Abend lustig zu Ende.

Franziska bleibt nicht lange, da sie am nächsten Tag arbeiten muss. Die Arbeit, sagt sie, mache ihr Freude. Getränke zubereiten und sich mit den Gästen unterhalten, das liegt ihr. Hans verabschiedet die beiden Frauen freundlich. Klara bleibt bei den anderen Gästen und Hans legt sich schlafen.

Am nächsten Tag steht Hans schon früh auf. Er braucht seine Fitness, sagt er zur Klara. Er geht in das Studio, er fährt mit dem Auto, da er schon den Führerschein zurückhat. Er trainiert an einigen Geräten. Heut fehlt ihm Franziska. Er findet sie sehr nett und auch ihre Drinks fehlen in dem Studio. Der Besitzer meint, dass Franziska krank ist, nichts Arges, aber sie ist zu Hause geblieben. Hans merkt, wie ihm Franziska fehlt. Sie sind sich sehr sympathisch. Hans fährt dann auch bald wieder nach Hause.

Nach einigen Tagen fährt er wieder ins Studio und sieht Franziska. Er freut sich echt. Er tut so, als ob ihm die Drinks fehlen. Aber Franziska fehlt ihm auch. Er fragt sie, wann sie Dienstschluss hat, er möchte sie einladen. Franziska ist auch nicht abgeneigt, da ihr Gatte unterwegs ist auf Montage.

Hans holt sie ab und sie fahren an einen See in der Nähe und gehen spazieren. Sie können nicht so in ein Gasthaus gehen, da sie beide verheiratet sind, die Partner sollten nichts davon wissen. Sie finden einen versteckten Fischteich mit einer kleinen Hütte. Die Hütte scheint ziemlich verlassen und die Tür ist offen. Sie gehen in die Hütte, sie ist sehr einfach eingerichtet, aber sehr gemütlich. Es ist eine romantische Hütte, so neben dem Teich. Versteckt hinter einem Wald.

Franziska macht etwas Ordnung in der Hütte. Schade, dass sie nichts zu trinken dabei haben. Aber sie setzen sie auf die Bank und reden angeregt miteinander. Sie verstehen sich auf Anhieb und küssen sich auch. Sie meine: „Wir spielen mit dem Feuer.“

Hans meinte: „Das ist doch schön, so frisch verliebt zu sein.“

Sie beenden ihr Zusammentreffen aber dann bald. Aber sie wollen sich wieder an dieser Stelle treffen. Das nächste Mal wollen sie Getränke und Essen mitbringen. Sie könnten ein Picknick machen. Es ist eine wunderbare Stelle für ein geheimes Date. Hans will nicht zu lange weg sein, damit Klara keinen Verdacht schöpft. Der Mann von Franziska ist nicht zu Hause.

Klara denkt, Hans braucht heute viel Zeit, um fit zu werden. Er ist einigermaßen nett zu Klara, damit sie keinen Verdacht schöpft. Insgeheim denkt er daran, Franziska öfter zu treffen, und er träumt von ihrem wunderbaren Mund und ihren leidenschaftlichen Küssen. Er möchte sie auf jeden Fall in den nächsten Tagen wieder treffen.

Jetzt haben sie auch ein gemütliches Platzerl gefunden für ihr Rendezvous. Jetzt hat er einige Tage in der Weinstube gearbeitet und Klara entlastet. Klara kann sich mit Anna treffen und sie trinken Kaffee oder einen Zitronenmelissentee, der wunderbar schmeckt.

Nach einiger Zeit zieht es Hans wieder in das Fitnessstudio. Er weiß, wenn Franziska Dienstschluss hat, kauft er vorher Getränke und einen kleinen Imbiss ein. Hans geht in das Studio und fragt ganz leise Franziska, ob sie wieder Zeit hat. Sie hat Zeit und Hans fährt allein zur Hütte und Franziska kommt nach einiger Zeit nach. Damit es nicht auffällt, dass sie zusammen wegfahren. Sie müssen vorsichtig sein. Sie treffen sich bei der Hütte am Teich. Es ist ein so romantischer Platz. Sie küssen sich und Franziska kuschelt sich an Hans, als hätte sie schon lange keine Liebe mehr verspürt. Hans ist auch angetan von der Zuneigung von Franziska. Sie trinken und essen die mitgebrachten Speisen und unterhalten sich gut. Nach einigen Gläsern Wein wird die Stimmung lockerer und sie lieben sich ganz leidenschaftlich. Es ist wie ein Rausch der Sinne. Wie zwei Menschen, die sich nach dieser Liebe und Lust sehnen. Natürlich schmecken verbotene Früchte immer noch besser. Das heizt die Leidenschaft noch mehr an. Es ist nur ein schmales Bett in der Hütte, aber das hat sie nicht gestört. Liebende brauchen nicht viel Platz.

Sie kuscheln noch einige Zeit und fahren dann jeder mit seinem Auto nach Hause. Hans muss aufpassen zu Hause, dass er nicht zu glücklich aussieht. Das würde auffallen, da er sonst als manchmal sehr mürrisch gilt. Auf die Frage, wo er war, meint er, im Fitnessstudio. Er müsse etwas für seine Figur tun. Hans verzieht sich dann sofort in sein Zimmer und meint, er sei sehr müde vom Sport, er müsse sofort schlafen gehen. Klara hat noch Gäste in der Weinstube, die sie betreut. Auch Anna ist da und Engelbert. Engelbert spielt Karten mit den Gästen und Klara und Anna vertiefen sich in ihr Lieblingsthema, die Kräuter. Sie tranken ein Glas Wein und es ist nett, miteinander zu plaudern.

Rosmarin

Anna hat von einem Bekannten einige Zweige Rosmarin bekommen. Der duftet so herrlich. Anna liebt Rosmarin. Sie erzählt Klara, dass Rosmarin eigentlich „Meerestau“ heißt. Anna erzählt Klara, was man alles mit Rosmarin machen kann. Einen Badezusatz, Tee, Rosmarinsalz, es ist ein sehr gutes Gewürz, in Öl oder Essig kann man Rosmarin ansetzen. Pfarrer Benedikt meint, der Rosmarin ist ein „Kind der Sonne“ und im Süden zu Hause. Aber Anna hat von einem Bekannten einen winterharten Rosmarin bekommen. Anna kocht einen belebenden Rosmarintee. Sie nimmt 1,5 Teelöffel von den Rosmarinblättern und übergießt dies mit kaltem Wasser. Sie erhitzt das Wasser und den Rosmarin am Herd bis zum Sieden. Dann nimmt sie den Tee von der Platte und seiht ihn ab. Anna und Klara trinken den belebenden Tee mit Genuss. Anna erklärt, dass dieser Tee besonders gut ist nach einer überstandenen Grippe oder bei Müdigkeit, dann soll man ihn schluckweise trinken. Anna erzählt auch Klara, was sie noch mit Rosmarin macht.

Anna macht auch ein beruhigendes Nervenöl. Sie nimmt 1 Esslöffel Rosmarin, 1 Esslöffel getrockneten Thymian und 1 Esslöffel getrocknete Kamillenblüten und sie setzt dies mit 200 ml Olivenöl an. Sie mörsert die Kräuter vor dem Ansetzen. Sie lässt dies zwei Wochen ziehen, seiht dann ab und füllt alles in dunkle Flaschen. Vor dem Abfüllen gibt sie noch 20 ml Jojobaöl dazu. Sie nimmt dann einige Tropfen des Öls auf die Handfläche und reibt die Hände, die Arminnenseiten, die Schläfen oder die Fußsohlen ein. Wenn Anna Zeit hat, macht sie aus dem Ölauszug eine Salbe. Sie gibt das Öl in einen Topf und gibt 40 g Bienenwachs dazu. Sie erwärmt alles auf ca. 65 Grad auf dem Herd und füllt dies noch warm in einen Salbentiegel. Die Salbe ist gut für die Haut, die Stimmung bessert sich sofort und ein Stück Gelassenheit kehrt zurück. Rosmarin belebt auch die Durchblutung. Die Salbe ist auch bei Gelenkschmerzen oder Muskelkater sehr hilfreich. Anna meint lachend, wenn Hans von seinem Sport im Fitnessstudio einmal Muskelverspannungen hat, könne Klara ihn einreiben mit dem Öl oder mit der Salbe.

Klara und auch, die Gäste haben interessiert zugehört, was Anna alles über den Rosmarin erzählt. Klara möchte auch einiges probieren. Anna meint auch, dass man mit Rosmarin vorsichtig umgehen soll. In der Schwangerschaft oder in der Stillzeit, bei Bluthochdruck soll man den Rosmarin nicht verwenden auch nicht für Kinder.

Klara und Hans leben so nebeneinanderher. Klara ist viel bei den Gästen in der Weinstube. Hans ist manchmal auch da, so, wie er möchte. Klara muss dafür sorgen, dass Geld reinkommt. Die offenen Rechnungen sind zu bezahlen. Das interessiert Hans ganz und gar nicht. Klara wird schon alles richten. Hans hat andere Gedanken im Kopf. Am liebsten würde er den ganzen Tag mit Franziska verbringen. Franziska muss auch aufpassen, sie ist auch verheiratet. Ihr Mann kommt allerdings nur zum Wochenende nach Hause. Gut, dass Hans auch unter der Woche Zeit hat. Hans hat jetzt den Führerschein und er findet immer etwas, was er einkaufen oder besorgen muss. Er weiß, wann Franziska Dienstschluss hat, und fährt dann zum Fitnessstudio. Er trainiert ein bisschen. Nicht zu viel, damit er nicht müde ist beim Schäferstündchen. Hans und Franziska reden nicht viel, damit es nicht auffällt, was die beiden verbindet. Hans fährt voraus zu ihren Häuschen am Teich. Franziska fährt nach Dienstschluss auch zum Teich. Obwohl dieses Häuschen nicht ihnen gehört, ist da niemand, der es scheinbar ihnen benützt. Hans macht das Häuschen sauber und richtet alles her. Sekt und Häppchen, die er gekauft hat. Damit es Franziska gemütlich hat. Bald erscheint auch seine Angebetete in freudiger Erwartung. Sie küssen sich inniglich. Es ist wie ein Rausch, so eine kleine Affäre. Hans würde sich am liebsten sofort zu Franziska bekennen und mit ihr zusammenziehen. Aber das ist schwierig. Franziska und ihr Gatte haben gemeinsam ein Haus. Und Hans hat mit Klara die Weinstube und das Haus dazu. Aber sie vergessen in diesem Augenblick alles um sich herum und genießen den Augenblick. Sie trinken Sekt und essen die Häppchen. Franziska hat immer saubere Bettwäsche mit.

Dann zieht Hans Franziska ins Bett und sie lieben sich lang und leidenschaftlich. Als würde es kein Morgen geben. Nach einiger Zeit und nach langem Kuscheln und Gesprächen trennen sich sie beiden für diesen Tag und fahren nach Hause. Hans ist so gut gelaunt, dass es Klara schon auffällt. Aber sie ist froh, dass er nicht mürrisch ist, und lässt ihn in Ruhe. Der Sport im Studio scheint ihm gutzutun. Er spielt noch mit den Gästen Karten, sogar ohne Geld. Das freut Klara. Sie spielen nur um die Zeche.

Am Abend fällt Hans müde ins Bett. Klara arbeitet noch in der Weinstube. Nachdem alle Gäste gegangen sind, will Klara noch mit Hans kuscheln, aber schläft tief und fest. Klara ist auch müde und schläft sofort ein. Hans und Klara haben auch keine Zeit füreinander. Eine Weinstube ist nicht sehr beziehungsfreundlich. Aber was soll man machen? Es muss irgendwie Geld verdient werden.

Klara hat Geburtstag. Sie möchte mit ihren Verwandten und Freunden in der Weinstube feiern. Anna hat sich bereit erklärt zu kochen. Anna hat auch vier Obsttorten am Vortag gebacken. Sie muss nur wissen, wie viele Personen Klara einlädt. Sie möchte ein Rehragout mit Semmelknödel kochen. Klara ist über diese Spezialität sehr erfreut. Anna beginnt schon früher zu kochen. Klara hat 20

Personen eingeladen. Klara fragt Hans, ob er an ihren Geburtstag anwesend ist. Hans meint, wenn es so ein gutes Essen gibt, ist er gerne da.

Das Fest beginnt zu Mittag und Anna hat sich selber übertroffen, so gut schmeckt ihr Rehragout. Sie hat in jeden Teller eine Kompottbirne und etwas Preiselbeeren hineingegeben. Das hat den Geschmack besonders gemacht. Die Gäste sind begeistert vom Essen. Am Nachmittag musizieren Freunde und es wird auch getanzt. Klara bekommt viele Blumen und Geschenke. Hans hat ihr eine Goldkette geschenkt. Klara ist sehr erfreut über dieses Schmuckstück. Der Nachmittag ist sehr lustig und dauert bis zum späten Abend. Die Gäste sind so erfreut über das Essen und die lustige Stimmung. Am Nachmittag werden die Torten angeschnitten und mit Kaffee serviert. Es ist ein gelungenes Fest. Hans ist auch sehr gut gelaunt und hat schon einige Achterl Wein getrunken. Engelbert unterhält sich auch gut und tanzt sogar mit Anna, obwohl er kein begeisterter Tänzer ist. Am Abend fallen alle müde ins Bett, die Gäste und die Wirtsleute.

Am nächsten Tag waschen dann Anna und Klara erst das ganze Geschirr ab. Das war ihnen am Tag der Feier zu viel. Sie wollten sich auch unterhalten.

Vitamin D

Klara meint zu Anna, dass Hans immer sehr müde ist. Klara meint, vielleicht beitreibt er zu viel Sport und die Arbeit in der Weinstube ist da auch noch. Hans ist doch oft lang am Abend bei den Gästen. Aber er schläft dann am nächsten Tag schon etwas länger bis in den Vormittag. Anna erzählt Klara, dass sie gelesen hat, dass man bei Vitamin-D-Mangel müde ist und schlecht gelaunt. Klara ist der Meinung, dass dieses Vitamin von der Sonne aufgenommen wird. Anna stimmt ihr zu. Aber Hans ist sehr wenig in der Sonne. Anna hat gelesen, dass in Champignons, Eiern und Meeresfisch viel Vitamin D vorhanden ist. Auch in Ingwer und Kurkuma ist dieses Vitamin enthalten. Anna hat von einer Faustregel gelesen, dass 200 g Champignons zwei Tage Sonnenschein ersetzen. Hans ist sehr wenig in der Sonne und diese Lebensmittel, die Anna aufgezählt hat, isst er eigentlich nicht. Klara möchte, dass sich ihr Hans gesund ernährt, und verkocht Lebensmittel die Anna ihr empfiehlt. Anna hat auch gelesen, dass der Mensch auch Vitamin D aufnimmt, wenn die Sonne nicht strahlt, wenn auch nicht so intensiv. (Aus dem Gesundheitskalender von Prof. Bankhofer). Am nächsten Tag kocht Klara gebackene Champignons mit einem Kräuterdip.

Kräuter Dip

Klara nimmt einen halben Becher Sauerrahm und einen halben Becher Naturjoghurt. Kräuter vom Garten wäscht sie und schneidet sie fein. Sie würzt mit Kräutersalz und Pfeffer. Klara mischt alles gut durch. An Kräuter nimmt sie Schnittlauch, Petersilie, ein wenig Löwenzahnblätter und einige Blüten der Kapuzinerkresse. Der Dip schaut wunderschön aus und schmeckt auch herrlich. Hans hat es sehr gut geschmeckt und er bekommt auch eine hohe Dosis von Vitamin D und anderen Vitaminen. Jetzt ist Hans besonders gut gelaunt. Klara meint, das Vitamin D wirkt schon. Aber die gute Laune kann auch andere Gründe haben.

Engelbert regt sich schon auf. Anna ist immer unterwegs. Sie ist ihm zu oft bei Klara. Er möchte, dass sie mehr zu Hause ist. Zumindest dann, wenn er von der Arbeit müde nach Hause kommt. Anna verspricht ihm, dass sie zu Hause ist, wenn er von seiner ermüdenden Arbeit nach Hause kommt. Er geht schon gerne zu Hans in die Weinstube, aber das nur zum Wochenende. An den Wochentagen ist er zu müde. Da möchte er sich von seiner Anna am Abend verwöhnen lassen. Anna bemerkt auch, dass Engelbert sehr verkühlt ist, und möchte ihm etwas Gutes tun. Seine Nase rinnt und er hustet leicht. Von ihrer Oma hat sie über die Heilwirkung der Zwiebel erfahren.

Zwiebeln

Annas Oma liebte die Zwiebel. Oma erzählte oft, dass die Zwiebel schon seit Jahrtausenden wegen ihrer heilsamen Wirkung für einige gesundheitliche Unstimmigkeiten geschätzt wird. Sie hat viel im Garten angebaut. Oma hat die Zwiebel viel in der Küche verwendet. Sie aß sehr gerne ein Butterbrot mit Zwiebeln, das sie mit Kräutersalz gewürzt hat. Sie meinte immer, Honig und Zwiebeln sind wahre Helden bei Husten. Anna holte das Rezept für einen Zwiebelhonig aus dem Kochbuch von Oma. Da Engelbert keine Unverträglichkeit gegenüber Zwiebeln hat, kann er sie zu sich nehmen. Anna hat in ein Schraubglas eine fein geschnittene Zwiebel und ein kleines Stück Ingwer gegeben. Darüber hat sie Honig gegossen. Dies hat sie über Nacht stehen lassen. Am nächsten Tag hat sie Engelbert einen Tee gemacht und einige Löffel von dem Zwiebelhonig dazugegeben. Der warme Tee tut ihm gut. Engelbert nimmt auch zwei Teelöffel von dem Zwiebelhonig gegen seinen Husten ein. Dann geht er arbeiten. Am Abend nach der Arbeit macht Anna einen Zwiebeldunst.

Anna kocht auch eine geschälte Zwiebel in einem Liter Wasser auf. Sie lässt das Ganze einige Minuten stehen und sagt dann zu Engelbert, er solle den Zwiebeldunst einatmen. Nicht länger als zehn Minuten inhaliert er. Er legt ein Handtuch über den

Kopf. Die Wärme tut ihm gut. Beide gehen dann schlafen. Engelbert ist so dankbar über die Fürsorge und Liebe von Anna. Sie kuscheln sich aneinander und schlafen gut ein. Am nächsten Tag nimmt Engelbert noch einige Teelöffel vom Zwiebelhonig zu sich. Auch dadurch ist er dann bald wieder gesund und topfit.

Hans hat Sehnsucht nach Franziska. Er geht ins Fitnessstudio. Den Mitarbeitern vom Studio ist es schon aufgefallen, dass Hans und Franziska sich gut verstehen. Aber Franziska ist zu allen Kunden des Studios sehr nett. Ihr Chef ist sehr zufrieden mit ihr. Sie ist eher für die Bedienung der Gäste mit den gesunden Getränken zuständig. Dies macht sie wunderbar. Aber es hat sich auch niemand viel dabei gedacht, dass zwischen Hans und Franziska mehr ist als Freundschaft.

Diesmal möchte Hans mit Franziska auf die Alm fahren. Dort hat er einen Freund mit einer Berghütte. Nach Dienstschluss von Franziska fahren beide zu der Hütte auf der Alm. Es ist wunderschön dort. Die herrliche Aussicht. Sie ist ganz entzückt von der wunderschönen Gegend. Es weiden auch Kühe auf der Wiese. Die beiden gehen Hand in Hand zur Hütte und küssen sich leidenschaftlich. In der Hütte angekommen, übermannt sie die Leidenschaft und sie lieben sich. Ein Feuerwerk der Gefühle überkommt sie. Dann, beim Kuscheln, meinte

Franziska, sie möchte nicht mehr Verstecken spielen. Ihre Ehe ist schon lange am Ende. Sie würde gern immer mit Hans zusammen sein. Aber da ist auch noch Anna. Hans hat eigentlich nicht vor wieder eine Beziehung einzugehen. Ihm gefällt diese Liebschaft, die mehr Feuer in sich hat, als jede Ehe jemals haben kann. Gerade das Verbotene lockt Hans besonders und verleiht ihm besondere Maneskraft.

Aber sie reden dann nicht mehr darüber. Sie fahren wieder ins Tal und jeder fährt in sein Heim zurück. Hans hofft, dass Franziska auch weiterhin mit diesen wunderschönen Schäferstündchen einverstanden ist. Er hat nicht vor, etwas zu ändern. Die fleißige Klara möchte er auch nicht verlieren. Einer muss das Geld verdienen. Klara arbeitet viel in der Weinstube und die Gäste schätzen sie sehr.

Vogerlsalat

Anna hat einen großen Garten. Im Herbst hat sie schon den Vogerlsalat gesät. Wenn es im Winter frostfrei ist, kann sie schon einige Pflanzen ernten. Aber jetzt im Februar ist der Vogerlsalat schon groß und herrlich zum Ernten. Der Vogerlsalat wird auch Feldsalat oder Rapunzel genannt. Dieser Salat ist frostsicher bis 15 Grad minus und im Winter und Frühjahr ein guter Vitaminspender. Der Vogerlsalat ist reich an Vitaminen und Mineralstoffen. Engelbert liebt diesen Salat. Aber Anna mischt ihn mit harten Eiern, Kartoffeln oder Bohnen. Sie holt im Garten auch einige Löwenzahnblätter dazu. Den Salat wäscht Anna gut und den Löwenzahn schneidet sie sehr fein. Die Blätter des Vogerlsalates schneidet sie nicht. Anna kocht die Kartoffeln und schält sie, schneidet sie fein und mischt sie mit Kürbiskernöl. Das Öl wird dann von den Kartoffeln gut aufgenommen. Kürbiskernöl ist ein sehr wertvolles Öl und sehr gesund. Dann gibt sie erst Salz, Pfeffer und Essig zum Salat. Anna gibt auch einige Walnüsse dazu, wenn sie welche hat. Engelbert isst diesen Salat sehr gerne mit frischem Schwarzbrot. Engelbert könnte ihn täglich essen. Er liebt seine Anna so sehr, weil sie ihn auch kulinarisch sehr verwöhnt und auch sehr gesunde Speisen auf den Tisch bringt.

Das Kürbiskernöl holt Anna bei einem befreundeten Bauern. Da schmeckt es wunderbar und ist sogar prämiert. Da ist sie sicher, dass es nicht vermischt ist mit anderen Ölen. Man schmeckt das heraus.

Hans und Klara leben so nebeneinanderher. Klara arbeitet viel. Hans ist viel unterwegs. Das ist für Klara nichts Neues, da er immer schon viel unterwegs war. Das alte Sprichwort: „Gelegenheit macht Diebe“ trifft auf Hans zu. Er hat die Gelegenheit für ein Abenteuer mit Franziska. Darum geht er oft in das Fitnessstudio und trainiert auch. Es tut echt seinem Körper gut. Er hat weniger Rückenschmerzen.

Franziska freut sich, wenn er kommt , aber sie reden nicht viel miteinander im Studio, damit es nicht auffällt, dass sie mehr als Freunde sind. Nach Dienstschluss von Franziska fahren sie zu der Fischerhütte mit Teich. Die scheint niemandem zu gehören, da nie jemand da ist. Es fällt somit nicht auf, dass Hans und Franziska sie für ihre Schäferstündchen nützen. Diesmal möchte Franziska auch mit Hans reden. Sie möchte sich scheiden lassen und mit Hans zusammen sein. Dieses Versteckspiel möchte sie nicht mehr. Hans beruhigt sie und meint, er kann nicht weg von der Weinstube. Er müsste seine Existenz verkaufen. Das möchte er nicht. Er sagt ihr nicht, dass ihm die Stunden mit ihr sehr gefallen und er gar nicht Lust hat, wieder mit einer Frau zusammenzuziehen. Er hat Angst, dass die Leidenschaft im Alltag wieder dahin ist. Seine Anna arbeitet fleißig und sie haben finanziell ein gutes Leben. Das möchte er sicher nicht aufs Spiel setzen. Ihm reichen die Stunden, die sie gemeinsam haben, es ist sehr spannend und leidenschaftlich. Natürlich hofft er, dass der Gatte von Franziska nicht plötzlich vor der Tür steht und ihn zum „Duell fordert". So Dreiecksgeschichten sind oft böse ausgegangen. Aber Hans nimmt das in Kauf, da es sehr spannend ist, eine geheime Liebe zu haben. Schon die leidenschaftlichen Küsse würden ihm fehlen.

Hans vertröstet seine Franziska, es wird darüber nachdenken, wie es mit ihnen weiter gehen soll. Sie könnten beide ihr Zuhause verlieren. Das möchte Hans auf keinen Fall. Franziska hat ein schönes Haus mit ihrem Mann. Es wäre auch schade, wenn es verkauft werden müsste. Aber die Liebschaft mit Franziska aufgeben möchte er auch auf keinen Fall. Er geht nach Hause zu seiner Anna und ist freundlich zu ihr, aber nicht zu freundlich. Es soll nicht auffallen, dass er sehr happy ist. Einerseits freut es ihn, dass Franziska ihn ganz haben will. Andererseits weiß er, dass dann wieder andere Probleme auf ihn zukommen. Es ist auch nicht leicht, so hin- und her gerissen zu sein. Aber wie es Männer gerne machen, steckt Hans auch seinen Kopf in den Sand und lässt alles laufen. Er hat sich vorgenommen, weniger oft zu Franziska zu fahren in ihr Studio, um die Leidenschaft etwas abzukühlen. Er hofft, dass Franziska nichts Unüberlegtes macht.

Gänseblümchen

Anna liebt es, in den Garten zu gehen und Gänseblümchen zu pflücken. Sie pflückt die Gänseblümchen an einem sauberen Platz vormittags, der nicht durch die Landwirtschaft oder durch Tiere kontaminiert ist. Anna hat auch viele Geschichten über das Gänseblümchen gelesen und ihre Oma hat ihr viel erzählt. Schon die Oma hat eine Blüte genommen und ein Blütenblatt um das andere abgezupft und dazu gesprochen: „Er liebt mich, er liebt mich nicht." Das Gänseblümchen ist ein Frühlingsbote und ein Spruch sagt: „Wenn du mit einem Fuß auf sieben Gänseblümchen treten kannst, ja, dann ist der Frühling da." Das Gänseblümchen war in früheren Zeiten hoch angesehen. Anna hat gelesen, dass der französische König Ludwig der IX (1214 – 1270) in seinem Wappen und seinem Ring einen geflochtenen Blütenkranz hatte mit Gänseblümchen und Lilien. Anna nimmt einige Blüten und Blätter vom Löwenzahn und gibt diese zum Salat. Dieser Salat ist das Beste gegen Frühjahrsmüdigkeit und stärkt die Immunkraft. Anna setzt einen Kräuteressig an, in einem Glas, mit einer Handvoll Gänseblümchen, 2 Pfefferkörner, 1 Prise Salz und schüttet ¼ Liter Apfelessig darüber. Sie lässt dies 3 bis 4 Tage stehen und deckt es mit einem Tuch oder einer Fee Rolle ab. Dann filtert sie den Essig ab und füllt ihn in Flaschen. Das ist ein wunderbarer Essig für ihren Salat. Die Inhaltsstoffe des Gänseblümchens helfen Anna bei Magen- und Darmbeschwerden. Damit Engelbert auch in den Genuss der sehr gesunden Gänseblümchen kommt, kocht Anna eine Kartoffelpfanne mit Gänseblümchen.

Sie nimmt 4 Handvoll Blätter und Blüten des Gänseblümchens, wäscht diese gut und hackt diese fein. Sie kocht 4 Kartoffeln und röstet eine Zwiebel an, mischt diese zu den Kartoffeln. Die Kartoffeln und die Gänseblümchen brät sie etwas an und gibt etwas Salz darüber. Engelbert kommt zum Essen und Anna schlägt 4 Eier auf und setzt diese über die Kartoffelmasse und brät alles goldbraun. Sie würzt noch mit Pfeffer und Muskat. Als Dekor verziert Anna noch mit einigen Blümchen. Engelbert findet es sehr hübsch. Das Auge isst mit. Er findet dieses Essen herrlich. Es muss nicht immer Fleisch sein. Mit dem Essen erhält er noch die Heil bringenden Inhaltsstoffe des Gänseblümchens.

Anna hat etwas Kopfschmerzen, sie trinkt einen Gänseblümchentee. Sie hat das Gefühl, es wird ihr schon besser.

Anna und Engelbert gehen zufrieden am Abend ins Bett und sind sehr zufrieden mit ihrem Leben. Engelbert hat Arbeit und Anna verwöhnt ihn kulinarisch mit gesunden Speisen.

Anna kocht für den Winter einen Gänseblümchen-Löwenzahnblütenhonig.

Sie sucht 200 Blüten, wäscht diese gut und kocht diese in 2 Liter Wasser und einer Zitrone auf. Diesen Sud lässt Anna über Nacht stehen. Sie seiht die Blüten ab, gibt den Zucker dazu und lässt das Ganze 1,5 Stunden köcheln. Sie kostet den Honig und probiert, ob die Konsistenz passt. Dann erhitzt sie den Honig noch einmal und füllt alles in Schraubgläser. Auf den Deckel gibt sie etwas Alkohol, bevor sie das Glas zuschraubt. Bei den Löwenzahnblüten nimmt sie nur das Gelbe der Blüte. Das Grüne pflückt sie weg. Es könnte bitter schmecken. Anna gibt, wenn sie hat, eine Vanilleschote oder eine Scheibe Orange dazu. Den Honig lässt sie für den Winter, je länger er im Keller steht, desto besser wird er. Engelbert liebt den Honig als Brotaufstrich zum Frühstück oder zum Süßen von Tee oder Müsli. Eine sehr gute Speise, die auch den Stoffwechsel ankurbelt. Es muss nicht immer der Honig der Bienen sein. Dieser Honig schmeckt auch sehr gut und ist eine Abwechslung zur Marmelade. Schon die Oma von Anna hat diesen Honig gekocht, im Winter eine herrliche Speise auf einem Butterbrot. Wenn Anna den Honig länger lagert, schaut sie im Keller immer nach, ob die Schraubverschlüsse noch festsitzen. Dann hält sich der Honig sicher länger als ein halbes Jahr. Es gibt noch viele Rezepte, die man mit den Gänseblümchen machen kann. Anna liebt diese kleinen Blümchen, die das ganze Jahr im Garten wachsen, und sie verwendet diese auch gerne in der Küche. Engelbert liebt auch die Speisen mit Kräutern aus dem Garten. Sie sind gesund und schmecken sehr gut.

Hans hat sich von Franziska zurückgezogen. Er bleibt öfter bei Klara in der Weinstube. Auf einmal kommt ein Gast in die Weinstube. Der hat einen bösen Blick aufgesetzt. Es ist der Gatte von Franziska. Hans hat schon befürchtet, dass Franziska alles ausplaudern könnte. Der Gatte schreit ihn an, er habe etwas mit seiner Frau. Hans streitet alles ab. Er sagt, er kenne seine Frau nur vom Fitnessstudio und wenn Franziska etwas anderes behauptet, wisse er nichts davon. Hans meint, er war nur nett zu Franziska und sie könne das auch falsch verstanden haben. Falls ihre Ehe nicht funktioniert, könne doch er nichts dafür. Er küsst seine Klara auf die Wange und meint, er sei glücklich mit seiner Klara und er verstehe nicht, was der Gatte von Franziska von ihm wolle. Hans ist in diesem Fall ein guter Schauspieler, er tut ahnungslos. Klara spielt mit, sie hat sich schon gedacht, dass da mehr ist mit Franziska. Hans ist oft unterwegs, bis in die Nacht hinein. Aber an diesem Tag sagt sie nichts. Es sind noch andere Gäste in der Weinstube. Sie will kein Aufsehen und verhielt sich ruhig. Die anderen Gäste sollen nichts mitbekommen von ihren Problemen. Klara macht gute Miene zum bösen Spiel. Der Gatte geht dann doch gegangen beruhigt sich. Ob er das geglaubt hat, dass Hans nur nett zur Franziska war, weiß Hans nicht. Am Abend, als alle Gäste weg sind, stellt Klara ihren Hans zu Rede. Ob das wahr ist, was dieser Mann behauptet hat. Hans streitet neuerlich alles ab. Er meint, er gehe nur trainieren und das täte seinem Rücken sehr gut. Er hatte oft Rückenschmerzen und die wären jetzt weg. Klara hat auch keine Beweise für seine Untreue, aber sie wird in Zukunft auf der Hut sein und aufpassen, was Hans so treibt, wenn er unterwegs ist. Klara liebt ihren Hans nach wie vor und sie möchte ihn behalten. Hans ist sehr lieb zu Klara, um ihre Zweifel zu zerstreuen. Was soll Klara tun? Sie glaubt ihm vorerst.

Veilchen

Anna geht in den Garten. Sie hat einen Hang, der mit Bäumen bewachsen ist. Darunter wachsen herrlich die Veilchen. Anna hat von ihrer Oma einige Heil bringende Anwendungen des Veilchens gelernt. Das Veilchen war früher das Symbol für Fruchtbarkeit, Bescheidenheit, Liebe und Treue. Bei den alten Griechen war das Veilchen die „Blume der Liebe", sie war Persephone, die Göttin der Liebe, geweiht, dies hat Anna gelesen. Auch die Bienen lieben im Frühjahr das wohlriechende Veilchen. Anna gibt einige Blüten und Blätter zum Salat, dies ist gut gegen die Frühjahrsmüdigkeit. Wenn Anna Kopfschmerzen hat oder schlecht schläft, macht sie einen Veilchentee. Sie sagt zu Engelbert, er dürfe nicht zu viel vom Veilchentee trinken, dies könne zu Übelkeit führen. Aber er trinkt keinen Liter Tee auf einmal, sondern eine Schale Veilchentee am Abend beruhigt ihn sehr.

Veilchen-Öl

Anna hat eine zarte Haut, darum rührt sie immer ein Veilchen-Hautpflege-Öl. Sie nimmt die frisch gepflückten Veilchen und lässt sie einige Zeit liegen, bis diverse Insekten verschwinden. Dann gibt sie die Veilchen in ein Schraubglas und gießt Mandelöl darüber, bis die Veilchenblüten gut bedeckt sind. Sie stellt das Glas in die Speisekammer und schüttelt täglich durch. Nach zehn Tagen filtert sie die Veilchen ab durch einen Kaffeefilter oder ein Baumwolltuch. Sie füllt das Öl in eine dunkle Flasche. Wenn bei Anna oder Engelbert die Haut gerötet, gereizt oder trocken ist, schmiert sie sie mit dem Öl ein. Engelbert liebt dieses Öl. Er hat durch die Arbeit immer sehr raue Hände. Das Öl tut seinen Händen sehr gut, und sie sind dann auch ganz weich.

Veilchensirup

Anna macht für den Winter auch einen Veilchensirup. Sie gibt zu den Veilchen 1,5 Liter Wasser und 1 kg Sirup-Zucker. Sie erhitzt den Sud, bis der Zucker aufgelöst ist. Dies lässt sie über Nacht stehen und rührt öfter um. Am nächsten Tag erhitzt sie den Sirup noch einmal und gibt dann noch den Saft einer Zitrone und eine Packung Vanillezucker dazu. Sie seiht die Veilchen ab und füllt sie in sterile Flaschen. Auf den Deckel gibt Anna etwas Alkohol zur besseren Haltbarkeit. Dieser Sirup schmeckt herrlich durch den Vanillezucker, fast wie Karamell, und die Farbe ist leicht bläulich vom Veilchen. Wenn Anna den Sirup Engelbert gibt, schüttet sie ein Schnapsglas voll in ein ¼-Liter-Glas mit kaltem prickelten Mineralwasser. Das schmeckt herrlich. Anna und Engelbert lieben dieses wohlschmeckende Getränk, das auch noch die gesunden Inhaltsstoffe vom Veilchen besitzt. Engelbert liebt seine Anna, weil sie ihn mit gesunden Spesen und Getränken so verwöhnt. Er geht selten zu Hans in die Weinstube.

Engelbert hat Hans mit Franziska gesehen. Er möchte auch nicht zwischen die Fronten geraten. Er mag Klara und möchte ihr nicht sagen müssen, dass Hans eine Affäre mit Franziska hat. Er ist froh, in Ruhe mit seiner Anna leben zu können, und möchte keine Probleme, weder mit Hans noch mit Klara.

Sie müssen selbst mit ihren Problemen fertig werden. Er sagt auch nichts zu seiner Anna. Klara und Anna sind Freundinnen. Er ist sich nicht sicher, ob Anna dies bei sich behält oder Klara helfen möchte und es ihr erzählt. Anna würde sich auch aufregen, wenn sie wüsste, dass Hans eine Affäre hat. Das möchte Engelbert nicht. Klara sagt auch nichts mehr zu Hans. Dieser würde sie für eifersüchtig und hysterisch halten. Das mag er eigentlich gar nicht. Sie kocht ihm weiterhin ein gutes Essen. Hans hat sehr gerne Marmeladen und Klara bäckt oft Palatschinken mit Marmelade. Hans mag diese sehr gerne. Meist als Nachspeise. Hans ist sehr zufrieden. Aber er denkt oft an Franziska. Diese ruft auch öfter an. Wenn Klara in der Nähe ist, dann tut er so, als ob Engelbert anrufen würde. Er sagt dies auch dem Engelbert, dieser meint, er wolle in seine Frauengeschichten nicht hineingezogen werden. Engelbert ist froh, seine Anna zu haben, sie zu bekommen, war ja auch nicht einfach. Engelbert meint zu Hans, er müsse sich entscheiden, Klara oder Franziska, auf die Dauer wird dieses Dreieckspiel nicht funktionieren. Es wird nicht mehr lange dauern und Franziska wird zu Klara gehen und verlangen, dass sie Hans freigibt.

Für Klara ist es auch nicht leicht, da es nicht nur um Hans geht, sondern auch um ihre Existenz. Klara ist gerne in der Weinstube und liebt es, mit den Gästen zusammen zu sein. Klara ahnt etwas, da der Ehemann von Franziska in der Weinstube war. Hans hat diesmal alles abgestritten. Aber Klara ist hellhörig geworden. Er war viel unterwegs, ist oft in das Studio gegangen und dann spät nach Hause gekommen. Das ist schon sehr verdächtig. Klara weiß nicht, was sie machen soll. Sie möchte ihre Weinstube nicht verlieren, Hans würde ihr diese nie überlassen, wenn er mit Franziska ein neues Leben beginnt. Franziska hat ein Haus mit ihrem Mann, dieses übernimmt sicher ihr Mann, da er mehr verdient oder sie würden es verkaufen. Klara und Hans müssten auch verkaufen oder Hans übernimmt alles, da er der Erbe seiner Eltern war. Klara geht viel durch den Kopf. Sie will wie bisher weitermachen und ruhig bleiben.

Fenchel

Anna hat viel Fenchel im Garten. Er wächst sehr gut. Sie hat gelesen, dass man in Mesopotamien schon 3000 vor Christus den Fenchel kannte. Die alten Griechen empfahlen den Tee stillenden Müttern zur Milchbildung. Den wohlschmeckenden Tee kennt Anna noch aus ihrer Kindheit. Ihre Oma hat den Tee mit den Samen oft gekocht, bei diversen Wehwehchen. Besonders bei Magenbeschwerden und Blähungen. Anna verwendet den Fenchel als Gemüse- und Gewürzpflanze, er ist eine Vitaminbombe. Wenn Anna Augenschmerzen hat, lindert sie diese mit einer Auflage. Sie mörsert 2 volle Esslöffel Fenchelsamen. Sie gibt einen halben Liter kochenden Wasser darüber und lässt dies 15 Minuten ziehen. Dann seiht sie den Tee ab. Sie trinkt auch eine Tasse von dem Tee. Sie verdünnt den Tee noch mit Wasser und holt einen Wattebausch und taucht in den Tee und legt dies auf ihre geröteten Augen. Sie macht dies am Abend und gönnt sich dann etwas Ruhe. Das hat eine lindernde Wirkung.

Fenchelgemüse

Anna kocht sehr gerne zum Fisch eine Beilage aus der Fenchelknolle und etwas Fenchelkraut. Sie wäscht die Knolle und schneidet das Kraut weg. Den Wurzelansatz und das untere Ende der Knolle schneidet sie weg. Die Knolle teilt sie nach der Länge in vier bis sechs Stücke. Die brät die Stücke in wenig Öl an ca. 5 Minuten. Dann schneidet sie eine Zwiebel sehr fein und gibt diesen zum Fenchel. Sie brät alles weitere 5 Minuten und gibt dann das Fenchelkraut dazu. Das fertige Gemüse schmeckt sie dann mit Zitronensaft, Salz und Pfeffer ab. Der Fenchel hat viele Vitamine und gesunde Inhaltsstoffe. Engelbert mag den Geschmack sehr gerne.

Den Fenchel mag Anna auch roh, sie raspelt die Knolle und macht einen köstlichen Salat. Engelbert füllt sich sehr wohl, wenn er von Anna bekocht und verwöhnt wird. Er arbeitet auch viel.

Am nächsten Tag geht Anna zu Klara in die Weinstube. Klara erzählt von ihren Befürchtungen, dass Hans eine Affäre mit Franziska hat. Sie arbeitet im Fitnessstudio im Ort. Anna ist verärgert, aber sie hat sich gewundert, Hans war viel unterwegs und Klara sehr oft allein in der Weinstube. Das ist schon auffällig. Anna meint, vielleicht ist es nur ein Gerücht. Klara solle nicht alles glauben, was die Leute erzählen. Hans geht oft in das Fitnessstudio und wenn er nett mit Franziska redet, glauben einige schon, sie hätten etwas miteinander. Anna versucht, Klara mit diesen Gesprächen aufzumuntern. Am besten meint Anna, Klara soll weitermachen wie bisher und in der Weinstube arbeiten. Vorwürfe helfen auch nicht, das treibt Hans nur noch mehr in die Arme der anderen.

Hans ist wieder weggefahren. Er hat schon wieder Rückenschmerzen. Er sagt aber zu Klara, dass er nicht mehr zur Franziska fährt, sondern in ein Therapiezentrum. Der Arzt hat ihm eine Überweisung gegeben. Hans hat Klara versichert, dass er nur nett war zu Franziska und sie mehr von ihm wollte und dass er immer treu ist. Klara glaubt ihm vorerst und macht gute Miene zum bösen Spiel. Was soll sie machen, sie kann ihn nicht anbinden. Klara und Hans sind schon lange zusammen, da ist der Reiz des Neuen sehr verführerisch. Klara arbeitet auch sehr viel und sie haben auch wenig Zeit füreinander. Hans kommt diesmal auch bald wieder nach Hause. Klara merkt schon, als er früher unterwegs war, war er sehr lange aus, oft in die Nacht hinein. Klara versucht, lieb zu Hans zu sein. Und im Bett möchte sie auch ihm geben, was er eventuell auswärts sucht. Aber für Hans ist das nicht dasselbe. Der Reiz ist anders bei einem verbotenen Schäferstündchen. Hans weiß, wenn er alles aufgibt und sich von Klara trennt und sich mit Franziska einlässt, dann kommt der Alltag und der Reiz des Neuen ist weg. Hans hat auf keinen Fall vor sich von Klara zu trennen, sie arbeitet zu fleißig und bestreitet den gemeinsamen Lebensunterhalt. Klara arbeitet von früh bis spät in der Weinstube, sie mag ihre Stammgäste auch. Sie sind wie ihre Familie geworden. Sie arbeitet gerne in der Weinstube. Es ist oft auch sehr lustig, wenn jemand mit einem Musikinstrument spielt oder wenn gesungen wird. Hans ist auch gerne in der Weinstube, er spielt mit den Gästen Karten und ist lustig. Aber er mag nicht immer, er möchte auch manchmal hinaus und etwas anderes erleben. Franziska fehlt ihm sehr. Sie ruft des Öfteren an. Aber Hans möchte nicht, dass sie bei ihm anruft. Klara könnte etwas mitbekommen. Hans verspricht Franziska, dass er sich wieder mit ihr treffen kann. Aber jetzt möchte er noch etwas Zeit verstreichen lassen. Er will Klara nicht verlassen. Aber Franziska möchte Hans ganz für sich haben. Sie ist unglücklich mit ihrem Mann, der wegen der Arbeit wenig zu Hause ist. Wenn er da ist, ist er missgelaunt und benimmt sich nicht sehr gut. Der Mann von Franziska verdient sehr gut, darum konnten sie sich ein schönes Haus bauen. Aber Franziska hofft natürlich, dieses behalten zu können, wenn sie sich von ihrem Mann trennt. Sie träumt von einer Zukunft mit Hans in ihrem Haus. Am Telefon erklärt sie Hans, wie sie gemeinsam in ihrem Haus leben können und glücklich sind. Hans träumt eigentlich nicht davon. Aber Franziska liebt er schon sehr. Diese Zukunftsträume wären schon schön. Aber dann müsste Hans irgendwo arbeiten und für sich und Franziska die Brötchen verdienen. Davon träumt Hans nicht. Was soll er arbeiten? Er war immer in der Weinstube, die er von seinen Eltern geerbt hat. Er war froh Klara als Frau zu bekommen, die gerne in der Weinstube arbeitet. Das hilf ihm sehr und gibt ihm viel Freiheit. Eine andere Frau würde das nicht lange mitmachen, Hans ist unterwegs und sie arbeitet zu Hause.

Hans ist hin und her gerissen. Was macht er, wenn Franziska zu Klara geht und sie dazu bringt, Hans freizugeben? Kann sein, dass Klara dann weggeht. Das würde Hans sehr treffen. Franziska will nur Hans und nicht seine Weinstube. Er macht vorerst nichts. Er steckt den Kopf in den Sand.

Franziska ruft Hans immer an. Sie will sich treffen. Hans will eher nicht. Sie erpresst ihn und sagt, dass sie sonst zu Klara geht. Sie will sich in ihrem Häuschen am Teich treffen, das ihnen eigentlich gar nicht gehört. Hans lässt sich überreden. Er trifft sich mit Franziska, aber nur um ihr zu sagen, dass er sich nicht mehr mit ihr treffen will. Das will sie nicht akzeptieren. Sie hat sich unsterblich in Hans verliebt und will ihn für sich allein. Hans will ihr beibringen, dass er Schluss machen möchte. Aber Franziska fleht ihn an, dies nicht zu tun, sondern Klara zu verlassen und mit ihr zusammen zu ziehen. Hans möchte schon auch. Er liebt sie ja. Er hat aber Angst vor den materiellen Konsequenzen. Er ist eher kühl zu Franziska, das mag sie überhaupt nicht. Sie wird hysterisch und schreit ihn an. Sie will ihn ganz für sich und lässt sich von ihrem Mann scheiden. Hans kann sie diesmal noch beruhigen und umarmt sie, um sie zu besänftigen. Dann geht er und fährt nach Hause. Eigentlich will er mit dieser Hysterie nichts zu tun haben. Franziska ist in jeder Beziehung sehr emotional.

Schafgarbe

Klara geht zu Anna, um mit ihr zu reden. Ob da etwas dran ist an der Beziehung von Hans und Franziska. Anna möchte sich da nicht einmischen. Sie beruhigt Klara und meint, es ist sicher nur ein Gerücht. Anna hat nichts gesehen und Engelbert hat die Geschichte für sich behalten. Anna kocht ihr einen Tee mit Schafgarbenblüten, um sie zu beruhigen und ihren Blutdruck auszugleichen. Sie erzählt Klara, dass man die Blätter der Schafgarbe als Pfefferersatz verwenden und in den Speisen, fein geschnitten auch in den Salat geben kann. Oder als würzige Zutat in einem Kartoffelsalat, in Bratkartoffeln oder in einem Rührei. Anna erzählte Klara, dass man früher die Schafgarbe die „Augenbrauen der Venus" genannt hat, sie war eine echte Frauensauberpflanze, die bei Frauenleiden sehr Heil bringend wirkt. Diese Eigenschaft wurde für ein Liebesorakel genutzt: Wenn eine junge Maid ein Schafgarbenblatt in der Nase dreimal umdrehte, dabei ganz fest an den Liebsten dachte und es plötzlich aus der Nase blutete, konnte sie sicher sein, dass sie auch von ihm geliebt. Solche Geschichten tun Klara gut. Anna erzählt Klara eine weitere Legende: Schon Achilles (Held im trojanischen Krieg) soll die Wunden der Krieger mit dem Schafgarbenkraut behandelt haben. Anna meint, dass die Schafgarbe eine entzündungshemmende Wirkung hat. Anna erzählt ihr auch, dass der Name „Schafgarbe“ davon kommt, weil die Schafe dieses Kraut so gerne gefressen haben.

Klara genießt den Tee der Schafgarbenblüten in kleinen Schlucken und fühlt sich beruhigt. Das Gespräch mit Anna tut ihr gut. Anna meint, dass die Schafgarbe ein geschätztes, kraftvolles Frauenheilkraut ist. Ihre Oma hat ein Öl angesetzt mit Blüten der Schafgarbe und daraus eine Salbe gemacht. Ihre Oma hat diese Salbe dann bei Hautirritationen, bei Venenentzündung und auch bei Kopfschmerzen verwendet. Bei kleinen Wunden und Narben hat Annas Oma mit dem Tee Waschungen durchgeführt. Anna meint, auch bei Erkältung ist ein Tee sehr hilfreich. Klara tun die Erzählungen über die Schafgarbe gut. Anna ist froh, Klara auf diese Weise helfen zu können. Klara geht dann wieder in ihre Weinstube und bedient die Gäste. Durch die Gäste kommt sie auf andere Gedanken. Sie ist gerne mit den Gästen zusammen. Die Stammgäste sind wie ihre zweite Familie. Über Hans hat sie kein Wort gesprochen. Wenn einer etwas gefragt hat, meint sie, sie wisse von nichts. Die Gäste sind eine gute Ablenkung von ihren Problemen mit Hans.

Krimi

Hans hält sich oft bei Klara in der Weinstube auf. Auf einmal steht die Polizei im Lokal. Aber nicht als Gäste. Kommissar Deutschmann übermittelt Hans, dass Franziska tot in der Hütte am Teich gefunden wurde. Hans ist perplex. Wie kann das sein, es kann nur ein Unfall sein. Er habe nichts damit zu tun. Er habe schon länger keinen Kontakt mehr zu ihr. Hans meint, wie komme Herr Deutschmann auf die Idee, dass er etwas damit zu tun haben könnte. Franziskas Ehemann hat Hans beschuldigt. Er ist auch verdächtig. Hans fragt, wie sie gefunden wurde. Herr Deutschmann erzählt ihm, dass sie eine Platzwunde am Kopf hatte. Dies könne auch von einem Sturz kommen, aber sie wurde zur Obduktion frei gegeben und sie hatte einen hohen Vergiftungsgrad im Blut. Sie muss schon einige Zeit dieses Gift zu sich genommen haben. Herr Deutschmann hat auch den Besitzer der Hütte als Zeugen geladen. Es gibt einige Verdächtige in dem Fall, die alles abstreiten und von nichts wissen. Herr Deutschmann bestellt dann alle Verdächtigen nacheinander in das Polizeirevier ein. Im Verhörraum hofft er, dass er mehr über diesen Fall in Erfahrung bringt und auch Hintergründe aufgeklärt werden. Der Mann von Franziska muss noch die Leiche identifizieren, Herr Deutschmann beobachtet ihn dabei und er ist sehr erschüttert. Die Trauer sieht echt aus. Aber der

Gatte ist trotzdem verdächtig. Er kann ihr das Gift verabreicht haben. Franziska sieht als Leiche auch noch hübsch aus. Der Ehemann weint sehr und trauert um seine Franziska. Herr Deutschmann holt dann die Verdächtigen zu sich in Polizeirevier. Seine Kollegen befragen Nachbarn und Verwandte. Zuerst befragt Herr Deutschmann den Besitzer der Hütte. Dieser meint, er sei selten bei der Hütte gewesen. Da er in einer anderen Stadt arbeitet, hat er gar nicht bemerkt, dass jemand sich in seiner Hütte gemütlich gemacht hat. Der Schlüssel lag immer, wie bei Almhütten über der Tür. Der Besitzer hat sich nicht viel dabei gedacht. Da es nichts zum Stehlen gab, so hätte er auch nicht gedacht, dass die Hütte für Schäferstündchen verwendet wird. Franziska wurde von einem Jäger gefunden, der nachgeschaut hat, da die Tür offenstand. Der Jäger hat zuerst gedacht, der Besitzer ist anwesend und da er ihn gut kannte, ist er in die Hütte gegangen. Er sah die Leiche, ist sehr erschrocken und hat sofort die Polizei geholt. Der Jäger hat sicher das Richtige gemacht.

Da auch Fremdverschulden nicht ausgeschlossen ist, wird eine Obduktion angeordnet von Herrn Kommissar Deutschmann. Die Spurensicherung wurde auch zur Hütte geschickt. Die Leiche war kein schöner Anblick. Da sie verblutet ist, war die ganze Hütte voll Blut. Sie haben verschiedene DNA-Spuren gefunden. Die DNA-Spuren von

Hans hat die Spurensicherung auch gefunden. Hans war im Polizeicomputer gespeichert, bei seinem Entzug des Führerscheins wurden auch seine Fingerabdrücke in den Polizeicomputer eingegeben. Vom Besitzer wurden die Fingerabdrücke abgenommen und mit denen in der Hütte verglichen. Aber seine Fingerabdrücke sind sicher in der Hütte, da er der Besitzer ist. Sonst waren keine Fingerabdrücke in der Hütte.

Hans

Herr Deutschmann hat nun Hans in den Verhörraum gebeten. Hans hat dann zugegeben, dass er mit Franziska in der Hütte war, aber nur ein- oder zweimal. Sie haben nur geplaudert. Das glaubt ihm Kommissar Deutschmann nicht. Aber darum geht es nicht. Wer hat Franziska das Gift verabreicht und wer war in der Hütte, als sie gestürzt ist? Hans meint, er war nicht an diesem Tag in der Hütte. Er war bei Klara in der Weinstube. Kommissar Deutschmann wird dann die Gäste und Klara befragen. Hans versichert, dass er nichts mit dem Tod und mit der Vergiftung zu tun hat. Er sagt auch, dass er gerne bei Franziska im Fitnessstudio war, es war sehr angenehm, wenn sie Dienst hatte. Sie hat immer gesunde Cocktails gemixt, die den Gästen der Studios sehr geschmeckt haben. Hans gibt auch zu, dass Franziska ihm schon gefallen hat, aber da sie verheiratet war und er auch, hat er die Finger von ihr gelassen. Kommissar Deutschmann stellt ihm noch viele Fragen, aber er kann Hans keine Beteiligung am Vergiften und an dem Sturz nachweisen. Franziska wurde gestoßen oder sie ist, weil sie so schwach war von der Vergiftung selbst, auf die Tischkante gefallen und da niemand da war, ist sie verblutet.

Klara

Als Ehefrau von Franziskas Liebhaber ist Klara sehr verdächtig. Sie meint zu Kommissar Deutschmann, dass sie Franziska nicht kenne. Sie erzählt, dass der Mann von Franziska in der Weinstube war und Hans beschuldigt hat, dass er ein Pantscherl mit Franziska hätte. Aber Hans hat das abgestritten. Klara meint, Hans ist sehr gerne in das Fitnessstudio gegangen und er hat sich gut mit Franziska unterhalten. Dass er auch in der Hütte am Teich mit ihr war, hat sie erst jetzt im Zuge der Ermittlungen erfahren. Klara meinte, sie habe Hans geglaubt. Auch hat Hans ihr versichert, dass da keine Liebesbeziehung zu Franziska besteht. Sie haben sich als Freude gut verstanden. Franziska habe Hans nur sein Herz ausgeschüttet über die Probleme, die Franziska mit ihrem Mann hat.

Bei der Obduktion ist herausgekommen, dass Franziska mit Rizinus vergiftet wurde. So stellt Kommissar Deutschmann Klara die Frage, ob sie einen Wunderbaum im Garten habe. Klara verneint. Sie meint, dass sie wegen der vielen Arbeit in der Weinstube kaum Zeit für einen Garten habe. Und besonders für solche spezielle Pflanzen. Das Rizinusöl wird von den Samen des Wunderbaumes gewonnen. Kommissar Deutschmann fragt Klara, ob sie wisse, wer so eine Pflanze im Garten habe. Sie verneint, obwohl sie weiß, dass Anna einen

Wunderbaum im Garten hat. Aber was sollte Anna mit Franziska zu tun haben. Klara wollte Anna nicht in Schwierigkeiten bringen. Anna wird Franziska sicher nicht vergiftet haben. Diese beiden haben, soviel sie weiß, auch keinen Kontakt zueinander gehabt. Herr Kommissar Deutschmann kann Klara auch nichts nachweisen, an der Vergiftung und in der Hütte waren keine Fingerabdrücke von Klara. Klara versichert, sie würde, wenn Hans eine andere Frau hätte, dieser nie schaden wollen. Sicher, bei einer Trennung würde sie wahrscheinlich die Weinstube verlieren. Aber die Ehe mit Hans ist nicht mehr so prickelnd. Beide arbeiten zu viel und haben wenig Zeit füreinander. Außerdem, wegen einer anderen Frau würde sie nie ins Gefängnis gehen. Klara meint, als Kellnerin bekommt sie sofort eine Arbeit in einem anderen Gasthaus.

Für Kommissar Deutschmann sind ihre Ausführungen einleuchtend. Aber sie bleibt in der Reihe der Verdächtigen. Der Kommissar ist in diesem Fall noch nicht weitergekommen. Er muss jetzt vorerst herausfinden, wer einen solchen Wunderbaum im Garten hat. Dann kann er weiter ermitteln und die Verdächtigen befragen.

Wunderbaum

Die Ärztin, welche die Obduktion vorgenommen hat, erklärt dem Kommissar einiges über den Wunderbaum. Die Pflanze kann man im Internet bestellen und im Garten ansetzen. Aus den Samen wird das sogenannte Rizinusöl gewonnen, das in Europa seit dem 19. Jahrhundert als Abführmittel Verwendung findet. Rizinusöl war schon vor 4000 Jahren im Land am Nil bekannt. In der altägyptischen Medizin wurde es als Abführmittel, Haaröl oder Lampenöl verwendet. Im Orient verwendete man das Öl zur Körperpflege. Schon fünf Samen können tödlich wirken, besonders für Kinder. Aus den von den Ölpressen anfallenden Rückständen wurde Rattengift gemacht. Diese Rückstände sind besonders giftig. Die ersten Vergiftungserscheinungen können erst nach Stunden auftreten, es ist eine sofortige medizinische Betreuung notwendig, um das Gift zu entfernen. Der Tod tritt durch einen Kollaps oder Atemlähmung ein. Im Buch „101 Giftpflanzen" steht, dass der Wunderbaum die Pflanze für Massenmörder, Folterinstrument und den Regenschirmattentäter ist.

Der Regenschirmattentäter: Ein Regimekritiker wurde mit einem Regenschirm gepikst. Ein Mann hantierte mit einem Regenschirm in der Bushaltestelle herum. Der Kritiker verspürte nur ein leichtes Piksen. Er bekam Fieber und starb drei Tage danach. In der Wunde wurden nur 300 Mikrogramm Rizin festgestellt. Geklärt wurde das Attentat erst 30 Jahre später. Auch heute füllen die Krankenakten von Rizinus-Vergiftungen ganze Regale. Touristinnen spielten mit Schmuckketten aus den Samen des Baumes herum und erlitten Schockzustände. Rizin löst sich in Wasser, ist aber fettunlöslich und im Öl kaum enthalten. Aber in den Pressrückständen ist das Gift enthalten. Rizinusöl wird in der Medizin, Kosmetik und Technik verwendet.

Kommissar Deutschmann muss nun herausfinden, wer diese Samen im Garten von Anna oder anderswo geholt und gepresst hat und wie die Pressrückstände in ein Essen oder Getränk gemischt und an Franziska weitergegeben wurden. Das Gift kann im Fitnessstudio in ihr Getränk gegossen worden sein. Sie ist wahrscheinlich dann zur Hütte gefahren, um sich mit Hans zu treffen. Dort war sie benommen und ist auf die Tischkante gefallen oder von einer Person, die keine Spuren hinterlassen hat, gestoßen worden. Es war verwunderlich, dass sie noch fahren konnte. Es kann sein, dass sie ein Fahrer zur Hütte gebracht hat. Es waren viele Reifenspuren zur Hütte. Es fahren auch die Jäger diese Strecke und lassen ihr Auto bei der Hütte stehen.

Kommissar Deutschmann geht allen Spuren nach. Die Nachbarn der Hütte sind weiter weg, da hat niemand etwas gesehen. Die Hütte ist auch sehr versteckt im Wald. Von außen nicht einsehbar. Herr Deutschmann befragt nun alle anderen Verdächtigen in seinem Verhörraum bei der Polizei.

Anna

Der Kommissar hat Anna zu sich gebeten und verhörte sie. Aber Anna meint, sie hat zwar einen Wunderbaum in ihrem Garten, aber keinen Grund, Franziska etwas anzutun. Sie kenne sie kaum. Sicher, es passt ihr nicht, dass Hans mit ihr eine Affäre hatte und Klara ihre beste Freundin ist. Aber Anna meint, was Klara und Hans machen, betrifft sie nicht und geht sie auch nichts an. Der Wunderbaum steht frei in ihrem Garten. Jeder andere kann die Samen holen. Anna meint, sie kenne sich gut aus mit Giftpflanzen, aber heute kann jeder alles im Internet nachlesen. Vielleicht wollte der Mörder Franziska gar nicht umbringen, sondern nur etwas kränklich machen, damit sie nicht ihre Schäferstündchen abhalten kann. Der Täter oder die Täterin muss eine arge Wut auf Franziska gehabt haben. Anna meint, Kommissar Deutschmann solle auch ihre Vergangenheit durchleuchten. Vielleicht ist da noch eine Rechnung offen. Was Anna sagt, ist einleuchtend und macht es Kommissar Deutschmann schwer, einen Täter oder eine Täterin zu finden.

Der Ehemann

Franziskas Mann bestreitet, dass er etwas mit dem Giftanschlag zu tun hat. Er kennt sich mit Pflanzen nicht aus, schon gar nicht mit Giftpflanzen. In der Hütte war er auch nicht. Da er viel arbeitet, hat er gar nicht gewusst, dass Franziska sich in seiner Abwesenheit mit Männern oder einem Mann in der Hütte trifft. Wenn er bei ihr war, war sie sehr nett und liebevoll, er hat keinen Verdacht geschöpft. Sie hat nie etwas gesagt, dass es ihr in der Ehe nicht gefällt. Er sagt, er habe sie sehr geliebt. Er hätte ihr nie etwas antun können. Der Kommissar glaubt ihm. Was soll er anderes machen, es klingt ehrlich, was der Mann erzählt. Kommissar Deutschmann fragt ihn nach einer eventuellen unguten Vergangenheit und wo er Franziska kennengelernt hat. Sie haben sich in einer Kneipe in der Nähe kennengelernt. Es ist ihm nur aufgefallen, dass nie Verwandte aufgetaucht sind und sie keinen Kontakt hatte mit Verwandten. Sie meinte nur, die Eltern seien gestorben und sie wäre das einzige Kind. Aber darüber hat der Ehemann nicht nachgedacht, da er auch keinen Kontakt zu seinen Eltern und seinen Geschwistern hat. Der Kommissar fragt, ob Franziska früher im Rotlicht gearbeitet hat. Der Ehemann meint nur, dass sie in einem größeren Ort Verkäuferin war. Er hat ihr das geglaubt. Es sei ihm schon aufgefallen, dass nie Freundinnen von früher bei ihm aufgetaucht sind, aber Franziska meinte, sie habe mit anderen keinen Kontakt haben wollen, da sie ihren Gatten liebt und ganz für ihm da sein will. Da sie keine Kinder bekamen, worum auch immer, ist es Franziska zu Hause zu langweilig geworden. Darum hat sie die Arbeit im Fitnessstudio angenommen. Der Ehemann wollte nicht, dass Franziska arbeiten geht, da er genug verdient für sie beide. Aber Franziska wollte ihr eigenes Geld verdienen. Das ist ihr wahrscheinlich zum Verhängnis geworden. Der Ehemann findet es so schade, dass er ihr das mit dem Arbeiten nicht ausreden konnte. Er ist sich sicher, dass die dort ihren Täter oder ihre Täterin getroffen hat.

Kommissar Deutschmann hat schon ein Gefühl dafür, wer lügt und wer die Wahrheit sagt. Aber das, was der Ehemann sagt, findet er ehrlich. Aber er ist sicher noch im Kreis der Verdächtigen. Der Ehemann kann nicht glauben, dass der Täter aus ihrer Vergangenheit stammen könnte. Aber Kommissar Deutschmann wird weitersuchen. Niemand weiß etwas von Franziskas Vergangenheit, der Ehemann nicht und die Kollegen im Studio wissen auch nichts von ihrer Vergangenheit. Franziska war eine nette Person, die wenig sprach und gut zuhören konnte. Darum war sie so beliebt. Dann hat auch niemand nach ihrer Vergangenheit gefragt. Und wenn jemand gefragt hat, sagte sie nur, dass ihre Eltern gestorben sind und sie keine Geschwister hatte.

Dann waren die Kollegen zufrieden und fragten nicht weiter.

Kommissar Deutschmann befragt den Polizeicomputer und findet keinen Namen. Wie sie vor ihrer Ehe geheißen hat, weiß der Ehemann nicht mehr. Angeblich hat Franziska gesagt, dass alle Dokumente bei einem Brand verloren gegangen sind. Die Heiratsurkunde habe sie verloren, hatte sie einmal gesagt. Der Ehemann glaubte ihr und die Dokumente waren ihm nicht wichtig. Den Papierkram mochte er sowieso nicht.

Engelbert

Engelbert, der Lebensgefährte von Anna, wird auch von Kommissar Deutschmann befragt. Er hat auch Zugang zu den Samen des Wunderbaumes. Engelbert meint, warum solle er Franziska etwas antun. Er habe sie kaum gekannt. Er hat nur Hans und Franziska einmal küssend gesehen. Er hat das niemandem erzählt, da er Hans doch gerne mag. Was ist schon ein Kuss, das kann auch ein Freundschaftskuss sein. Außerdem sagt Engelbert, er kenne sich nicht mit Pflanzen und schon gar nicht mit Giftpflanzen aus. Anna kenne sich gut aus und sie habe die Pflanze in ihrem Garten. Aber sie kannte Franziska kaum und die Dosierung der Samen des Wunderbaumes, meint Engelbert, kenne sie auch nicht. Das hat sie Engelbert einmal mitgeteilt. Anna weiß, dass die Samen sehr giftig sind, aber wie man das Gift verabreicht, das wisse Anna auch nicht. Aber im Internet kann man heute alles nachlesen, meint Engelbert zum Kommissar Deutschmann. Hans tut ihm leid, da er doch sehr verdächtig ist. Aber Engelbert versichert, dass Hans sich mit den Giftpflanzen auch nicht auskennt. Engelbert weiß nichts von der Wirkung des Giftes im Wunderbaum. Er würde auch Hans einen Mord nie zutrauen. Hans mag Franziska, daher würde er ihr nichts antun. Weil der Ehemann von Franziska in der Weinstube stand, wird schon an einer Affäre mit

Franziska etwas dran sein. Kommissar Deutschmann glaubt ihm. Für ihn ist es schwierig, es gibt keine Verdächtigen mehr. Wo soll er noch weiter fragen? Er hofft, dass das Begräbnis noch Erkenntnisse bringt. Da die Obduktion abgeschlossen ist, kann Franziska beerdigt werden.

Begräbnis

Der Ehemann von Franziska trauert sehr um seine Frau. Er meint, er hätte ihr einen Seitensprung verziehen, wenn sie nur danach treu gewesen wäre. Das Begräbnis wird vom Ehemann sehr würdevoll gestaltet. Mit vielen Blumen auf dem Sarg. Es wird viel gebetet und es sind viele Personen anwesend beim Beten und beim Begräbnis am nächsten Tag. Kommissar Deutschmann ist auch beim Begräbnis und schaut genau, wer alles dabei ist und ob da Personen sind, die er noch nicht befragt hat. Franziska war doch im Ort sehr beliebt und hat sich mit allen gut verstanden. Besonders mit den Kollegen und Kunden vom Fitnessstudio. Aufgefallen ist dem Kommissar Deutschmann, dass der Chef vom Fitnessstudio sehr traurig war. Er hat sehr mit den Tränen gekämpft. Kann auch sein, dass er sie als Mitarbeiterin sehr geschätzt hat. Sie war zu allen sehr nett.

Klara hatte zwar nichts zu tun mit Franziska, doch es hat sie doch mitgenommen, vor allem die Anschuldigungen gegenüber Hans und auch sie war verdächtig. Sie ist mit den Nerven schon fertig. Anna kommt ihr zu Hilfe und tröstet sie mit ihren Kräutern.

Wildrose

Anna kocht Klara einen Tee mit den Blüten der Wildrose. Sie hat im Garten einen Strauch, der gerade blüht. Anna nimmt zwei Teelöffel der frischen Blüten und überschüttet diese mit ¼ Liter kochendem Wasser. Sie lässt den Tee 15 Minuten ziehen und deckt den Topf mit dem Deckel zu. Anna meint, dass dieser Tee sehr gut für Herz und Nerven ist. Während Klara schluckweise den Tee trinkt, erzählt Anna ihr vor der Wildrose. Klara findet es immer sehr interessant, wenn Anna von ihrem Kräuterwissen erzählt. Die wilde Rose wird auch Hundsrose genannt. Sie erzählt, dass schon die Babylonier Rosen gezüchtet haben, und sie nützten auch die Rosen. Sie tauchten die Blütenblätter in Fett und verarbeiteten dies zu duftenden Salben. In Persien wurde wahrscheinlich die Destillation der Rosen erfunden. Auch in China wurden in früherer Zeit Wildrosen kultiviert. Der Samen der Wildrose, die Hagebutte, findet in der Medizin Verwendung. Die Hagebutten haben einen sehr hohen Vitamin-C-Gehalt. Der Hagebuttentee ist bei Erkältung sehr hilfreich. Es gibt noch viele Anwendungsmöglichkeiten mit den Wildrosen. Leider blüht der Strauch der Wildrose nicht lange.

Daher möchte Anna die Blüten nützen und für Klara öfter einen Tee zur Beruhigung machen. Sie haben ausgemacht, dass Klara öfter zu Anna geht, um mit ihr zu plaudern. Da Hans jetzt doch etwas der Schock über den Tod von Franziska in den Knochen steckt, geht er kaum weg. Er bleibt bei Klara und arbeitet in der Weinstube. Er spielt Karten mit den Gästen und unterhält sich mit ihnen. Irgendwie ist Klara froh über die Entwicklung, da kann sie mehr zu Anna gehen und andere Dinge erledigen wie einkaufen. Das Verhältnis von Klara und Hans ist freundschaftlich und sehr kühl. Aber sie haben beide viel Arbeit, sie können über ihre Beziehung zueinander nicht viel nachdenken.

Kommissar Deutschmann ist noch nicht weitergekommen in seinem Fall. Er versucht es jetzt in der Vergangenheit von Franziska. Er bekommt heraus, dass Franziska einmal mit dem Chef des Fitnessstudios, Karl, zusammen war. Karl war sehr erfreut, als er Franziska gesehen hat, und er hat sie sofort angesprochen, bei ihm zu arbeiten. Er hat sie nie vergessen. Er hat sich einiges erhofft. Dass Franziskas Ehe nicht gut lief, hat er bald mitbekommen. Er war lieb zu ihr und charmant. Aber sie hat nicht darauf reagiert. Stattdessen hat er mitbekommen, wie sie mit Hans etwas angefangen hat. Kommissar Deutschmann hat dies herausgefunden bei der Befragung der anderen Angestellten des Studios. Er hat Karl in die Polizeistation bestellt, um ihn zu verhören. Er behauptet, er habe nichts mit Franziska zu tun gehabt. Er hat zugegeben, dass er früher, wie er jung war, in Franziska verliebt war. Aber dann hat sie geheiratet und er habe sie vergessen. Er habe sie nur eingestellt, da er eine Mitarbeiterin gebraucht hat. Die Polizeikollegen haben herausgefunden, dass sich Karl viel mit Kräutern beschäftigt hat, da er sein Wissen im Fitnessstudio verwenden wollte. Die Kollegen von Karl haben den Polizisten mitgeteilt, dass sich Karl sehr mit Kräutern und auch Giftkräutern auskennt. Herr Deutschmann hat Karl ins Kreuzverhör genommen. Nach langem Hin und Her hat er zugegeben, dass er die Samen vom Wunderbaum in ihr Getränk gemischt hat. Sie sollte nur müde werden, damit Karl dann ein leichtes Spiel mit Franziska habe. Er wollte nicht, dass sie stirbt. Franziska habe auch über Probleme mit ihrem Stoffwechsel geklagt und Karl wollte ihr helfen, da Rizinus ein sehr wirksames Abführmittel ist. Karl hat die Samen vom Wunderbaum geschrotet und dies in Franziskas Getränk gemischt. Karl meint, es täte ihn leid. Er hat Franziska geliebt. Er wollte sie eher für sich gewinnen.

Karl wird abgeführt. Er wird lange im Gefängnis bleiben. Das Strafmaß wird der Richter festlegen.

Hans und Klara sind froh, dass der Mörder gefasst ist, und sie können jetzt an ihrer Beziehung arbeiten, damit sie sich wieder besser verstehen. Hans hat hoch und heilig versprochen, dass er jetzt treu bleibt. Der Tod von Franziska und die ganzen Befragungen haben an seinen Nerven gezehrt. Hans will jetzt öfter mit Klara einen Ausflug machen und die Weinstube in andere Hände geben, zumindest einige Tage im Monat.

Klara ist auch froh, dass alles aufgeklärt ist. Irgendwie hat sie doch den Verdacht gehabt, dass Hans etwas zu tun hat mit der Angelegenheit.

Achtung

Ich, Inge Passarnegg, übernehme keine Haftung bezüglich Richtigkeit der Informationen, die von uns oder Dritten bereitgestellt wurden. Vorsicht bei Anwendung von Kräutern bei Kindern und bei einer Schwangerschaft, bitte Rücksprache mit dem Arzt halten, das ist sehr wichtig.

Und bei Bestimmung der Pflanzen muss geachtet werden auf: Blatt, Blüte, Aroma, Standort und die Jahreszeit der Blüten. Auch auf eventuelle Allergien der im Buch erwähnten Kräuter ist zu achten.

Eine Behandlung mit Kräutern ersetzt nicht den Arzt.

Anna weist aus rechtlichen Gründen darauf hin, dass sie die im Buch getroffenen Aussagen über die Wirkungsweisen, Zutaten, Kräuter und Rezepte nur ihrem Zeitvertreib dienen. Die Inhalte unterliegen dem „Urheberrecht". Die Nutzung bedarf einer schriftlichen Zustimmung der Rechteinhaber.

Wer die Rezepte oder Empfehlungen von Anna nachmacht, tut dies auf eigene Gefahr, wie es rechtlich so schön heißt.

Von der Gruppe „Krautgeschwister. Hausmittel und Pflanzen, die Anna im Buch beschreibt.

Im Abschnitt Franz und Anna: Kartoffelwickel, Ringelblumen, Kornblumen, Schafgarbe und das Räuchern.

Im Abschnitt Anna und Engelbert: Waldbaden, Brombeeren, Eiche, Tanne, Gänseblümchen und Anis.

Im Abschnitt Brennnessel sind viele Rezepte.

Die Mistel ist beschrieben und Schnäpse wie: Kümmel, Fenchel, Zwetschkerl und Rumtopf. Der Fingerhut ist eine Giftpflanze.

Quellennachweis

Pfarrer Benedikt, Pfarrer Kneipp, Gruppe Kräuterkeller und Rabenkräuter, Volksheilkunde von Hildegard von Bingen, Legenden von Paracelsus. Aus dem Buch von „ 111 Giftpflanzen“ von Klaudia Blasl.